トム・クランシー＆
スティーヴ・ピチェニック
伏見威蕃／訳

黙約の凍土（上）

For Honor

扶桑社ミステリー
1607

TOM CLANCY'S OP-CENTER:
FOR HONOR (Vol. 1)
Created by Tom Clancy and Steve Pieczenik
Written by Jeff Rovin

Japanese translation and electronic rights arranged with
Jack Ryan Limited Partnership and S & R Literary Inc.
c/o William Morris Endeavor Entertainment LLC., New York
through Tuttle-Mori Agency, Inc., Tokyo

黙約の凍土（上）

登場人物

チェイス・ウィリアムズ――――オプ・センター長官

アン・サリヴァン――――オプ・センター副長官

ロジャー・マコード――――オプ・センター情報部長

アーロン・ブレイク――――オプ・センター情報部ギーク・タンク・リーダー

ブライアン・ドーソン――――オプ・センター作戦部長

ポール・バンコール――――オプ・センター国際危機管理官

マイケル・ヴォルナー――――米陸軍少佐、統合特殊作戦コマンド(JSOC)所属

チャールズ・ムーア――――米海兵隊上級曹長、同上

ワイアット・ミドキフ――――アメリカ合衆国大統領

トレヴァー・ハワード――――国家安全保障問題担当大統領補佐官

ジャニュアリー・ダウ――――国務省情報研究局(INR)副局長

コンスタンティン・ボリシャコフ　高齢の元武器商人

ユーリー・ボリシャコフ――――コンスタンティンの息子、GRU所属

アミール・ガセミ准将――――イランからの亡命将校

アフマド・サーレヒー――――イラン海軍大佐

パランド・ガセミ――――ガセミ准将の娘、原子物理学者

アドンシア・ベルメホ――――キューバの原子物理学者、老革命家

プロローグ

北回帰線
一九六二年九月三日、午前十一時

「われわれはアメリカのズボンのなかにハリネズミをしこたま押し込んでいる」

　ドミートリー・メルカーソフ海軍少将は、冬の風雪を経(へ)てブロンズ色になった素手で鉄の手摺(てすり)をしっかりと握り、レーニン共産青年同盟(レニンスキー・コムソモール)級貨物船〈ミクーラ〉の前甲板(かんぱん)に立っていた。手摺は半長靴の下の甲板とおなじように、潮飛沫(しおしぶき)で滑りやすくなっていた。五十七歳の少将は、船の揺れによってぐらつかないように、手摺をぎゅっと握っていなければならなかった。蒸気タービンの遠いシュッシュッという音は、大洋の波が船体に叩(たた)きつける音にほとんどかき消されていた。波がぶつかるたびに、霧のような潮飛沫がメルカーソフの普段用軍服の砲金色のジャケットにふりかかった。水気は強い陽光であっというまに蒸発した。

　メルカーソフは、思わず笑みを浮かべた。ここではなにもかもがまったくちがう。潮飛沫は暖かく、船は激しくガクンと揺れるのではなく、ゆっくりと横揺れしている。一万二二八五トンの貨物船は、一秒か二秒傾くだけで、直立し、反対の舷が沈むだけだった。規則的な揺れなので、波の状態の変化が早い北の海ほどしっかり踏ん張っている必要はない。

　メルカーソフは軍歴の大半を北極海で送った。ほとんどの期間、ソ連北方艦隊に属し、ノヴィーク級駆逐艦、7型駆逐艦、7U（改）型駆逐艦に乗り組んだ。ソ連最東端のベリンゴフスキー生まれのメルカーソフは、北極海の冷たい青空とさらに冷たい鈍色の空の下に慣れていて、ゆったりした気分をもたらす朝陽や心身を爽やかにしてくれる微風のようなものは、一度も味わったことがなかった。〈ミクーラ〉とそれが属している船団は、一時間ほどあとの正午過ぎに南半球に達し、向かい風を受けていた……。

　メルカーソフ少将は、カリブ海の香りのする風を深く吸った。黒海から地中海を通って大西洋に出る航海は、メルカーソフの軍歴でははじめての経験だった。ソ連海軍で軍務に服するのは、メルカーソフの夢だったので、勤務地を気にしたことはなかった。革命で戦った両親を持つ身には、軍人としての栄誉は唯一無二の目標だった。だが、今回の航海を行なって、羊毛の裏付きの厚いジャケットを着ていない乗組員を見ると、これまでの自分の世界がきわめて狭かったことに気づいた。たしかに全面的に軍務に深く関わってはいたが、作戦の領域は非常に狭かった。この戦闘行動が完了したら、地中海に配置されている第5戦隊への転属を願い出よう。風に吹かれてなめし皮のようになったこの長い顔の皺（しわ）がすこしのびるまで、短期間でいい。

だが、そう思ったのはつかのまだった。アナドゥイリ作戦（キューバに中距離弾道ミサイル、中距離爆撃機、機械化歩兵の配置を目論んだソ連の秘密作戦の暗号名）の一翼を担う栄誉は軽々しいものではない。フルシチョフ第一書記兼首相がじきじきに、同僚のブリニコフ少将とメルカーソフに命令を授けたのだ。爽やかなくらい露骨で、下品で、粗野な言葉遣いをするフルシチョフがいう〝ハリネズミ〟は、ブリニコフが取り扱う。ブリニコフの艦隊は、中国に核兵器を運んでいる。だが、〈ミクーラ〉の役割は、輸送艦〈フセヴォロド〉の役割とおなじように重要だった。いずれもソ連政府上層部がひそかに偽装（マスキローフカ）と呼んでいる作戦の先鋒（せんぽう）であり中心でもあった。

濃紺の作業服姿の海軍陸戦隊情報将校が小走りに近づいてきて、敬礼し、メルカーソフに封書を渡した。「ありがとう、ボリシャコフ大尉」メルカーソフはそういって、待っているよう手で合図した。ブリニコフからの暗号通信を平文に直したものが収められていた。

旗艦は12：06時に境界を越える。

メルカーソフは、通信文をたたんでシャツのポケットに入れた。「通信を受信し、了解したと、少将に伝えてくれ」情報将校に向かっていった。「〈フセヴォロド〉に知らせるためにすぐに行く」

「はい、司令官」若い将校がきびきびと答えて敬礼し、向きを変えて船橋（ブリッジ）へ戻っていった。

メルカーソフは息を吸った。ブリニコフのような立場にはおかれたくない。作戦の規模が大きいのをごまかすために、この艦隊は八カ所の港から小規模な船団で出航していた。北はクロンシュタット、リアパーヤ、バルティスク、ムルマンスクから、黒海ではセヴァトポリ、フェオドシヤ、ニコラーエフ、ポティから。完全な秘密保全のために、西側の船舶がこれらの港にはいることは一時的に禁じられた。メルカーソフの任務の成功は、乗組員の技倆（ぎりょう）に左右される――しかも、言葉の通じない未知の国で彼らは作業を進めなければならず、取り扱いをまちがえてはならない繊細な装備を卸下（しゃが）することになる。また、暗号名を〝反徒（ブントフシチカー）〟というキューバ人女性の仲介者の信頼度にも左右される。彼女にはこの特定の貨物についての経験はなく、それに関する一般的な科学知識があるだけだ。

突然、ソ連艦隊とメルカーソフのまわりで、世界がぐるぐるまわりはじめたように思えた。メルカーソフは最後にもう一度、穏やかな青海原と、前方にのびる貨物船、フリゲイト、コルヴェットの堂々たる艦列を眺めた。この大艦隊の一翼を担うのは、たしかに名誉なことだが、歴史で一役を演じるのは、さらに偉大なことだった。アナドゥイリ作戦は世界を変えるだろうし、それに参加するメルカーソフは、偽装（マスキローフカ）をこれまでとはまったく異なるものに創りかえる。

この偽装は牙（きば）を持つことになる。

1

ヴァージニア州スプリングフィールド
フォート・ベルヴォア・ノース
オプ・センター本部
二〇一九年七月一日、午前七時三十分

「ビーガンのホットドッグはあるかしら？」

気象学者のゲアリ・ゴールドは、ノートパソコンから目を離して、それを質問した崔冬怜（チウ・トンリン）のほうを向いた。ゴールドは、午後にＮＡＴＯの演習が予定されているポーランドの朝の低軌道衛星画像を見ていた。親しげな青い目で、ゴールドは若い女性のほうを見た。

「わからない」ゴールドは腕組みをして「去年の七月四日（独立記念日）には、たしかターキー・バーガーを食べた」

「ターキーは鳥の肉でしょう」冬怜が指摘した。

「ああ、わかってる」ゴールドは答えた。「でも、ぼくがいいたいのは――多様なメニューがあるということだよ。きみが頼めば、アーロンは用意してくれるだろう」

「ここで仕事をはじめてから、一週間しかたっていないのに、甘えたくない――」

「冬怜、ならわしなんだ」ゴールドは、安心させようとしていった。「誘われても誘われなくても、パーティにはひとり連れて行くことになっているんだ。無理に割り込むような気がしているのなら、ぼくがきみを連れていくよ」

冬怜が顔をしかめた。気が進まないのだとわかった。

「こうしよう。ぼくが頼むよ」ゴールドは提案した。「約束する。フェイクミートのソーセージが出るはずだよ」

二十八歳の地質学者は、感謝の笑みを浮かべて、シリアから送られてきたサンプルの綿密な土壌分析作業に戻った。冬怜は死んだＩＳＩＳ戦士の靴底からこそげ落としたサンプルをもとに、テロリスト部隊の動きを追跡していた。

冬怜が沈黙を残して離れていったあと、ゴールドはしばらくぐずぐずしていた。ボスのアーロン・ブレイクが毎年やっているパーティのことを彼女に教えたのを、ゴールドは悔やんでいなかった。冬怜はここで仕事をはじめて一週間にしかならない新人で、慣れるために早く出勤している。アメリカの外交官と大使館勤務の中国人のあいだに生まれ、北京で育ち、教育を受けた。オプ・センターの電子・科学の頭脳中枢、おたく帷幕会議室（ギーク・タンク）で働いている数すくない女性のひとりだった。この時間から本部で仕事をはじめているのは、元国連通訳のサリム・シンと彼女ぐらいのものだった。

「ヘッジファンドで働いているようなものだということしかいえないんだ」七カ月前に採用されたとき、ゴールドは両親にそういった。「ヨーロッパ市場があくころには、出勤していないといけない」

ヨーロッパ〝市場〟とは、ベルギーの王立気象研究所、フランス気象局、アイルランド天気予報サービスなど、世界各地の十数カ所の同様の機関のことだった。世界のごく狭い範囲の微気候を毎朝研究し、天候が原因ではない突発的な出来事を探すのが、ゴールドの仕事だった。たとえば、海面下や海底の熱源の特性から、クジラではなく北朝鮮の小型潜航艇だと見破る。北京や上海の上空の大気汚染の緩和は、工場が操業を休止し、生産が減少していることを示しているかもしれない。それに、ノースカロライナ州フォート・ブラッグの統合特殊作戦コマンドチーム（JSOC）を、いつ何時どこかへ急派しなければならないかもしれないので、ウィリアムズ長官は世界各地の天候について即動可能な情報を必要としている。JSOCチームは、オプ・センターの軍事部門で、チーム・リーダーのマイク・ヴォルナー少佐は〝武力の拳〟と呼ぶのを好んでいる。ヴォルナーは、ポーランドでの演習にオブザーバーとして派遣されている。ウィリアムズは、部下が好天のもとにいるのか、嵐に見舞われているのか、危機のさなかに連絡する最善の方法はなにかということを、つねに知ろうとする。

ほとんどが二十代のスタッフは、ファストフードの朝食を持ち、大学のデモにでも行くような服装で、これから一時間ほどのあいだにぽつぽつと出勤してくる。ウィリアムズと上級スタッフの多くは、そういうくだけた流儀をよしとしているわけではないが、オプ・センターに必要なミレニアル世代の頭の切れる人材を得るには、妥協するしかない。そういうだらけた習慣に染まっていないのは、女性三人だけだった。ホワイトブロンドの髪に黒いスカートの崔冬怜、陸路で西の太平洋を目指したルイス&クラーク探検隊にくわわっていた下士官のひとりの子孫だといわれている地図製作者のアリソン・ワイル、ハリウッドのCGデザイナーで、八カ月前にコミックブックのコンベンションでアーロンに見出された三十四歳のキャスリーン・ヘイズ。キャスリーンはオプ・センターでは、画像分析スペシャリストで、私生活について語らない内気な女性だった。漆黒の髪によく似合う黒いパンツスーツを好んで着る。ゲアリ・ゴールドがまんなかに陣取っている三連ワークステーションの三番目が、キャスリーンの持ち場だった。狭いがオープンなギーク・タンクには、独立した小部屋はない。十四人の〝おたく(ギーク)〟が内側を向いて座って長方形をなしているワークステーションがあるだけだ。アーロンだけに専用オフィスがあるが、リヴァース・エンジニアリング・スペシャリスト(RES)のシャーリン・スクワイアズのために一角を割いている。そこはシャーリンの父親で、ポール・フッド前長官のオプ・センターの軍事部門ストライカーを指揮していたチャーリー・スクワイアズが使っていたオフィスと似た造りだった。チャーリーは、チームとともにロシアで任務を行なっていたとき戦闘中死亡(KIA)した。

　ゴールドがドアのほうを向くと、アーロンがはいってくるのが見えた。

「まいったな」情報部ネットワーク・リーダーのアーロンがこちらを向いてにやりと笑うのを見て、ゴールドは心のなかでうめいた。崔冬怜の勤務初日はオリエンテーションで、アン・サリヴァン副長官が受け持った。二日目からはゴールドが、新人にできるだけ手を貸す役目をみずから引き受けた。基地内のファストフードの店を案内し、ポップカルチャー関係の引用やおたくたちの大半が使う変化の激しい俗語を説明した。冬怜はゴールドのこまやかな気遣いに気づいていないようだったが、アーロンは気づいていた。もっとも、彼女の気を惹(ひ)こうとして競い合っているわけではない。オプ・

センターのスタッフはだれでも、雇用されたあと、配置前のオリエンテーションで、ターゲットに近づくことがおおかたの陸上作戦を成功させる秘訣だということを学ぶ。

　独立記念日のメニューについて頼みごとをする理由をボスに説明することに、ゴールドは乗り気ではなかった。自分からチャンスをつくろうとしないで、チャンスが来るのを待つことにした。ひとつには、毎年の夏の行事よりも、その前の一週間にやらなければならないことに、アーロンが心を奪われているはずだからだった。それに、オプ・センターには男女の付き合いをしないという方針がある。パーティやバーベキューで親しく交わるのは許されていたが、寝物語は組織内の秘密を守るのに差しさわりがある。スタッフがならんで座っているギーク・タンクのような狭い場所でも、この境界線は厳格に敷かれている。秘密扱いのデータは、他のスタッフに漏れないように使用者の虹彩を読み取るスマートウェアという眼鏡に送られ、その後、破棄される。しかし、非公式には——アン・サリヴァンは反対しているが——チェイス・ウィリアムズ長官は、些細な違反には見て見ぬふりをする。秘密裏になにかが起きているよりも、だれがだれの相談に乗っているかを知っているほうがいいと、ウィリアムズはアンにいったことがある。

　ゴールドの左では、キャスリーン・ヘイズがまわりのスタッフに会釈して朝の挨拶をしてから、画面をスクロールし、夜間に自動的に動いていた国際顔スキャンプログラム(IFS)の結果を見ていった。六週間前までは、オプ・センターがNASAのメインフレーム・コンピューターに便乗していたため、この手の検索には時間の制約があった。そのうちにアーロンと技術支援担当のジョー・バーコウィッツが、〝オププライム〟と呼ばれるものを急遽(きゅうきょ)、作成した——『トランスフォーマー』シリーズの世界が大好きなふたりが、総司令官オプティマス・プライム(日本では〝コンボイ〟と呼ばれている)に敬意を表して名付けたということを、キャスリーンはあとで知った。〝オププライム〟は、所有権による制約なしに、許可を得ないで、さまざまな情報源から一部は公式に、一部は非合法に、あらゆる情報をまとめあげるためのシステムだった。キャスリーンの仕事の効率は、幾何級数的に向上した。

IFSは世界中のソーシャルメディアの投稿を精査して、顔スキャンを行ない、オプ・センターの膨大なテロリスト容疑者データベースと照らし合わせるプログラムだった。急を要する一致情報があったときには、キャスリーンのスマートフォンに通知が届き、少人数で夜勤している基幹スタッフが、スマートトウェアでデータにアクセスする。そうでない場合、朝の情報更新は三つのカテゴリーに分けられる。F3、記念建造物の前、混雑したクラブ、市場、スポーツの会場でポーズをとっている敵国の人間。F2、発見された場所にかかわらず、情報機関が〝要注意リスト〟に載せている人物。F1、画像に現われた既知のテロリスト。最高レベルの警報F0は、逃亡犯。オプ・センターは、このシステムによって、スンガイパディ地域でイスラム教指導者を射殺した殺し屋をタイ王国国家情報局が発見するのを手伝った。観光客がインスタグラムに載せた、ハラール（イスラムの戒律に従って処理され、調理された食事）レストランで撮影した動画に写っているのを見つけたのだ。襲撃のとき、犯人は顔を覆っていたが、服と体つきが、暗殺現場を撮影した防犯カメラの映像と一致した。

世界中から届く画像の流れは、おおむね予想通りだったが、この六カ月間に観光がさかんになって画像が急増した国が二カ所あった。一カ所はエコツーリズムに力を入れているコスタリカ、もう一カ所はアメリカから直接行けるようになったキューバだった。

世界はおおむね平穏だったが、モスクワで興味深いF2ヒットがあった。スマートウェアがなくても、読むことができた。それに、〝確実に疑わしい〟ものの不確定要素がある下位集団のF2Bに分類されていた。

キャスリーンは、添付されていた身上調書をひらいた。

コンスタンティン・ボリシャコフ。キャスリーンは読んだ。元海軍将校、ソ連崩壊後、武器商人に転じた。

逮捕歴や最近の活動を示す情報はなかった。写真は二枚。ベルリンで麻薬密売業者と会っているところをインターポールが撮影した三十二歳のときの画像と、メーデーのパレード中に写されてフェイスブックに投稿された今回の新しい画像だけだった。おなじ顔であることを確認するために、古い写真に〝加齢プログラム〟を適用すると、確率七九％でボリシャコフだと判断された。

キャスリーンは、ボリシャコフの名前にフラッグを付けて、最優先で追跡調査するよう指示した。それによって、オプ・センターがアクセスしているモスクワのあちこちとロシアの多くの空港の防犯カメラの画像がもっとつぶさに検索される。ボリシャコフがいまも武器売買を行なっているようなら、ホワイトハウスがほしい情報をモスクワが持っていた場合に、取引材料に使えるはずだった。

たちまちスキャンが最新情報付きで戻ってきた。二週間前にボリシャコフはロシアの極寒の北東部にある国際空港へ行っていた。そこから出発した記録はなかった。

キャスリーンは、さらに詳しく調べるために、その場所に印をつけた。凍結した港町アナドゥイリ。

2

ロシア、アナドゥイリ
七月二日、午前零時四十分

北方艦隊情報本部に将校として二十年勤務したときに、コンスタンティン・ボリシャコフは厳寒の気候に三段階の共通した特徴があることを熟知するようになった。艦がセヴェロモルスクやティクシのような北の基地で停泊するときには、凍り付く寒さだ。晴れていて太陽が中天にかかっていても、氷は解けない。つぎに、身を切る寒さがある。艦が港を出て、よくても吹きやまず、悪くすると荒れ狂う向かい風のなかを突き進むときの寒さがそれにあたる。最後に、究極の寒さがある。向かい風だけではなく氷海を艦が突き進むときの典型的な状態だ。海に浮かぶ氷原が水温と気温を一〇度もしくはそれ以上引き下げる。

港町アナドゥイリは、そのどれとも異なる。地面が一年中凍ったままの凍土地帯にあり、地球上でもっとも寒い居住地だということだけでも、ほかに類を見ない。人口は一万四千人強で、港はかなりの規模の漁業中心地だが、石炭と金鉱の重要な中心地でもあり、北半球で最大のトナカイ飼育の中心地でもある。住民の大部分はフルシチョーフカと呼ばれる頑丈な五階建ての集合住宅（フルシチョフ政権下で建設されたため、こう呼ばれている）に住み、道路はコンクリートで舗装されている。低温で柔軟性のないアスファルトでは、車の激しい往来によって砕け、小さな黒いダイヤモンドのような粒になってしまうからだ。

「足の下で地面がザクザク割れなくなったら」降機するときに、乗客のひとりがいった。「おれは地球温暖化を心配するね」

ボリシャコフは、同感だという笑みで応じた。社名入りの擦(す)り切れた革ジャケットからして、相手は土木技師のようだった。ボリシャコフがそんなふうに旅の道連れに話しかけられるのは、よくあることだった。ボリシャコフはあけっぴろげな感じの丸顔で、のんびりした態度なので、声をかけやすい。そういう風采(ふうさい)も、三十年以上にわたって名うての犯罪者やブラックマーケットの商人に信用されている理由のひとつだった。

エアバスのフライトは、八時間半近くかかった。ウラル航空の直行便は、地球の上で弧を描いて、二カ所の最短航路を飛行した。八十八歳の元海軍将校は、顎を片方の肩に寄りかからせ、耳をガタガタ振動する冷たい窓に押し付けて、出発から到着まで眠っていた。指が冷たくならないように、きつく腕組みしていた。食事のときだけ目を醒まし、探検家たちが命懸けで横断した北極点を見おろした——座席は居心地が悪く、折り畳みテーブルにウォトカを置き、洗面所へ行った。そうやって狭い通路をよろけながら進むとき、海では力強い脚が、空では情けないくらい役に立たないと、ボリシャコフは思う。ずっと動かずにいたせいで脚がこわばり、立ちあがろうとすると関節に鋭い痛みが走り、腱が働いてくれない。自尊心が残っているので、求められればいまでも旧式の貨物船やフリゲイトで海の旅ができると思いたかった。だが、実際には——現実主義者とはいわないまでも、もう理想主義者ではないので——それが無理なことを知っていた。

それでもなお、空の旅を終え、実用一点張りの狭いホテルの部屋で寝る支度をしながら、ボリシャコフは思った。おれは一度そういう海の旅をやったのだ。ほとんどの人間が味わったことがない自由やソ連に尽くす至上のよろこびを満喫し、うねりの高い大海原でそれをやった。

やがて、ゴルバチョフが登場した。先見性がなく意志が弱い、呪わしい指導者。ゴルバチョフのせいで、人民は二度とそういう自由を味わえなくなった。

　ボリシャコフは、ひとつしかない小さな窓の遮光シャッターを閉めた。もう暗くなっていたが——漆黒の闇ではなく、黄昏の濃い灰色だった——ここでは、夏のあいだ二十時間以上、太陽が出ている。あと一時間もたたないうちに陽が昇る。最初にここに配置されたとき、この偏った時間に興奮したのを憶えている。首都モスクワで生まれ育った若者にとって、街はずれの先にあるものはなにもかもが新鮮で魅了的だったので、ボリシャコフはすべてを受け入れた。神の手が汚れのない単純さで触れたこの土地は、ことに気に入っていた。二十代に二年間ここにいた。バスに乗っていたときには暗い明かりしか見えなかったが、小さな都市なみの前哨基地が忽然と現われたのを憶えている。アナドゥイリ・ホテルは小さな建物で、わりあい新しい。角ばった二階建てのホテルには、インターネット接続の設備はないが、客室ごとにバスルームがある。ボリシャコフの部屋は、頼んだとおりツインベッドだった。だが、ホテル、スーパーマーケット、映画館が一軒ずつあるとはいえ、広大な空と広々とした原野に比べると、ほんとうにちっぽけな街だった。独りで横になったボリシャコフは、さらに追憶にふけった……。

　おれはここで恋に落ちた。結婚し、息子をひとりつくった。ヴァルヴァラとユーリーは、軍の小さな官舎の軒から射す陽光よりも明るかった。

老戦士の疲れた目に涙が浮かび、枕に落ちた。あのころが自分にとって最高の歳月だったと、ボリシャコフはしばしば思う。完璧な愛と目的意識と満足感が得られたのだから、どんな男にとっても最高だといえるだろう。

「それでもなお」ボリシャコフはつぶやいた。

この偉大な荒野には、奇跡を起こせるような神がまだ宿っているかもしれない。ボリシャコフが昔の風景を見るために一日早くここに来たのは、感傷にひたるためではなかった。目的のために体を休めたかったからだ。人生の偉大な瞬間を味わえるかもしれないからだ。三十年の歳月が流れたいま、その瞬間がはじめてめぐってきて、ボリシャコフは息子の首をようやく両腕でかき抱くことができるはずだった。

3

ヴァージニア州スプリングフィールド
フォート・ベルヴォア・ノース
オプ・センター本部
七月一日、午前八時五十五分

オフィスと廊下がウサギの巣のように入り組んでいる地下三階のオプ・センター本部で、アン・サリヴァン副長官はドアを閉めて、自分のオフィスに座っていた。オプ・センターの仕事は九割以上が共同作業で、アンは少数のスタッフから成る数多いオフィスの要(かなめ)の役割を果たしている。チェイス・ウィリアムズは、アンのことを門番と呼んでいる。ウィリアムズにじかに会いたいスタッフは、すこし嫌味をこめて隘路(ボトルネック)だという。SFおたくのアーロン・ブレイクはもっと簡潔に、「カーク船長の腹心のミスター・スポックですね」といったことがある。

アンはアーロンのことをよく知っているわけではないが、アーロンが気づいている以上に、その比較は的を射ていた。

アンは、国土安全保障省の情報日報の重要項目を色付けしているところだった。秘密保全措置をほどこしたタブレットには、毎日カラーコードが変わる付箋(フラッグ)が表示されていた。ウィリアムズと情報部長のロジャー・マコードに、いつもそのことで冷やかされている。ウィリアムズはアンがひとり占めしている国連だといい、マコードはアンのBBCだといった。まるで大箱の〈クレヨラ〉のように色とりどりだからだ。

ふたりがそういうとき、アンはひきつった笑みを浮かべる。ふざけて同僚に嫌味をいうようなロッカールーム風のユーモアは、彼女には通じない。スミス大学の学生だったころ、公務員募集の指針に沿うように地味目にしたときにソロリティでからかわれたことを思い出した。

五十七歳のアンは、コンピューターのキーボードの右に置いてあるスマートフォンのことを考えたくなかったので、それよりも大きくて近くにあるタブレットを凝視した。五分ほどたったら、電話がかかってくる。とぎれとぎれにしか眠れない長い夜だった。やっとの思いで出勤したが、脈が速くなっているにもかかわらず、ずっとさむけがしていた。仮にいまジョージタウンの自宅でトレッドミルに乗っているか、小説か短編に熱中していれば、小さなアラームが鳴って、そろそろひと息入れたほうがいいと教えてくれるのだが、ここではそういうわけにはいかない。

どうすれば楽になるのよ？　アンは空想上のアラームに問いかけた。

アンの世界は、生体組織検査によってひっくりかえった。肉体が神経質になっている原因は、不安だけではなかった。自分がなじんでいる暮らしや毎日やっていることに有効期限があるかもしれないということを、にわかに知った……命そのものは途切れないにせよ。そういう経験もはじめてで、仕事は熱中するものではなく、気をまぎらすものになっていた。ここ数日、どう対処すればいいのか、わからなかった。それでなくても処理しなければならないことが多い。数多くの人間がさまざまな役職に就いて管理している組織内で、限界を押しひろげて仕事をやっている。

自己憐憫はやめなさいと、アンは自分をいましめた。

アンはファイルにフラッグを付けるのをやめて、本文を読みはじめた。イラン政府の親米派に関するイスラエルからの電子情報の書き起こしだった。国民すべてが沈黙し、怯えて服従しているときに、どんな難問が生じるか、アンは過去の事例から考えようとした。

しかし、まだ意識が彷徨(さまよ)っていた。サリヴァン家は、半世紀前にイースト・ベルファストから移民してきたプロテスタントだった。アンにはかすかなアイルランドなまりがあり、いとしい父親と、亡くなった母親のことを思い出すので、それをたいせつにしていた。母親は、自分がいま結果を待っているおなじ災厄で――。

ドアに丁重なノックがあり、アンは跳びあがりそうになった。

「どうぞ」仕事に注意を戻そうとしながら、アンはいった。

ドアがゆっくりとあいた。チェイス・ウィリアムズが、メールに返信しながらはいってきた。特定軍の太平洋軍と中央軍の司令官を歴任した退役海軍大将のウィリアムズは、三十五年間の現役勤務を物語る静かな威厳で、戸口をふさぐように立っていた。ウィリアムズはタフト大学で世界史の博士号も得ているが、たいがい自分とおなじように戦場の経験がある部下の意見に従う。そういう姿勢をアンは心から尊敬していた。

「すまない」ウィリアムズが目をあげ、柔和な笑みを浮かべていった。「私の賃貸契約が、きのう切れたようだ」

「紙の契約書？　それとも電子契約書？」

「紙だ」ウィリアムズはいった。

「だれかを派遣して金庫を破らせましょう」アンはいった。

ウィリアムズは、にやりと笑った。ニクソン大統領を辞任に追い込んだ例の事件で名高いウォーターゲート複合施設の共同組合アパートメントに住んでいるからだ。

「いいね。立ち退かされることはないと思う。上のほうの人間を知っているから」

軽口で気がまぎれたので、アンは笑みで応じたが、九時三分になっているのにまだ電話がかかってこないことに気づいた。

「どうした?」自分のiPhoneからアンのスマートフォンに目を向けて、ウィリアムズはきいた。

「まだなの」アンは口を引き結んだ。

ウィリアムズが、またスマートフォンを見た。「私のオフィスに持ってきて、コーヒーを飲まないか?」

「ここで待つわ」喉が詰まりそうになるのを我慢して、アンはいった。「あとで――」

「朝の会議は急がなくてもいい」ウィリアムズは、安心させようとしていった。「なにか必要になったら教えてくれ」

「ガン専門医からの電話よ。もうじきかかってくる」アンはいった。

アンがめずらしく弱気になっていたので、ウィリアムズは親指を立てて元気づけようとしたが、そのとき海鳥の啼き声の着信音が鳴った。アンは発信者の名目を見て、長い溜息をついた。ウィリアムズは励ますようにうなずいてから、ドアを閉めた。

アンはごまかしをいったことを意識しながら、スマートフォンを手にした。ほんとうは、〝いい報せです、ミズ・サリヴァン。生体組織検査の結果が出ました。腫瘍は良性です〟という電話がかかってくればいいと思っていた。

4

ヴァージニア州スプリングフィールド
フォート・ベルヴォア・ノース
オプ・センター本部
七月一日、午前九時六分

チェイス・ウィリアムズはいま六十歳で、健康状態はいい。だが、慢心したことは一度もなかった。戦闘で男たちが突然、血まみれになって死ぬのを目の当たりにしてきたし、生きようとする意志以外のすべてを失った兵士たちがいるあちこちの退役軍人病院にも行った。アン・サリヴァンの目に彼らとおなじような先行きの見えない不安があるのに、ウィリアムズは気づいていた。アンは私生活を語らないように細心の注意を払っている。胸に大きなしこりがあるのを医師が発見したあと、アンはウィリアムズに、母親と姉が乳ガンで亡くなったことを打ち明けた――恐れていることも。「どういう手術が必要になっても、そのこと自体が怖いわけではないと思うの」アンは正直にいった。「最悪の場合でも、じゅうぶんに気をつけて切除するはずだから、治るでしょう。私が恐れているのは、それからの道のりよ」

「わかっている」ウィリアムズはいった。「でも、あらゆる支援を受けられるのはわかっているだろう。万が一――」

アンは、強く首をふって、ウィリアムズの言葉をさえぎった。「病気のことじゃないの、チェイス。これよ」人差し指でこめかみを叩いた。「トランプのカードを一式ひろげて、その絵に小さな家をこしらえる子供の遊びがあるでしょう。カードを一枚ずつ抜き取ると、そのうちに――ついそう考えてしまうの――家が崩れる。その〝終わり〟がもう頭のなかだけで考えていることではなく、〝すぐそこ〟にある。わたしは一枚目のカードを引くために待っている」

ウィリアムズは、オフィスワーカーではなく兵士とは、そういう話をしたことがあった。だが、恐怖が消えるわけではないので、いかにも海軍士官学校出身らしく、獲物に目を付けたら逃さないという表情でアンを見据えていった。「陳腐な台詞(せりふ)は持ち出したくないから、ＳＥＡＬの〝楽な日はきのうだけだった〟という格言をいうのはやめておくよ。でも、硫黄島の激戦を経た海兵隊員に聞いたことを話したい。つぎの一瞬に忘却の彼方へ逝ってしまうかもしれない血みどろの戦いのさなかでは、一瞬一瞬にそれが呼吸そのものであるかのようにしがみつくというんだ」

その朝、ウィリアムズはいろいろな話をして、結局、意図に反して気まずいやりとりが多くなった。しかたがない。軍の精神的な骨格は、すべて勇ましい標語から成り立っている。とにかく、ウィリアムズの助言は明らかに受け入れられなかったようだった。アンはすでに、必要になるかどうかわからない肉体と精神の戦いを開始していた。

ウィリアムズは、壁に飾ってある署名入りのマッカーサー元帥の写真をしばらく眺めた――かならず心のなかで対話してから、一日をはじめることにしていた。そのあとで、夜のあいだに届いていた脅威評価ファイルに目を通した。TAFは〝披見のみ〟扱いのNSA、CIA、FBIやそのほかの情報収集機関の幹部による分析の要約だった。最悪の報せがすでに知っている危険要因だったので、順調な朝だといえる。しかし、ウィリアムズはまだ、私心がなく信頼できるナンバー2であるアンのことを考えていた。アンのオフィスは廊下の先にあり、ウィリアムズは自分のオフィスのドアをあけてあった。壁は防音なので、アンのドアがあくかどうか、聞き耳を立てていた。アンが来ることを、ウィリアムズは願っていた。

しかし、現われたのは国際危機管理官のポール・バンコールだった。自分のオフィスへ行く前に寄ったのだ。元SEALチーム6隊員のバンコールは、痛みと回復を経験している。E-8つまり先任上等兵曹で、E-9の最先任上等兵曹に昇級する間際に、バンコールはイラクで銃撃戦の際に重傷を負った。回復するまで一年以上、カリフォルニア州サンディエゴのバルボア海軍病院に入院していた。

「ガセミ准将(じゅんしょう)のビデオ事情聴取を見るんでしょう?」バンコールがきいた。

「筆記録を読む」ウィリアムズはにべもなく答えた。「イラクでISISがアメリカ人を殺すのに手を貸していた男だ。それに、正直いって、きみが見たくないのなら――」

「ISISを抑える方策があると、ガセミはいっています」バンコールがいった。「どういうことなのか、聞きたいんです。それはそうと、サダム・フセインが捕らえられたあとの写真を憶えているでしょう? 打ちひしがれて途方に暮れていましたか?」

「生き生きとして、誇らしげだった」

「独裁者はかくの如し(シク・センパー・ティラニス)(カエサルを殺したときにブルトゥスがいったとされる言葉)」バンコールがいった。「しかし、このゴルゴンは、ヘビの髪を失っていますよ」

ウィリアムズが納得してうなずくと、バンコールは向きを変えて、廊下に戻ろうとした。

「ポール！」ウィリアムズは、うしろから呼んだ。

四十三歳のアフリカ系アメリカ人のバンコールが、また戸口から身を乗り出した。

「ほんとうにドーソンを行かせたくないのか？」ウィリアムズはきいた。

ブライアン・ドーソンは、作戦部長なので、どんなことであろうと非公式に他の幹部を支援できる。

「わたしはかまいませんよ」バンコールがいった。「それに、いくらビデオ画像でもやつの顔は見たくない。でも、やつがフィズなら、見ないとわかりません」

〝フィズ〟は、〝F（エフ）は偽物（フォー・フェイク）のF〟という言葉から生まれた表現だった。一九六〇年代の造語で、一時期、東欧から殺到していた離反者や亡命者にまぎれ込んでいた共産主義者のスパイのことを指していた。それが二〇一六年に復活したのは、大量のシリア難民とともにアメリカにやってきた疑わしい独身の若者に目印（フラッグ）をつけるのに、アメリカ移民関税執行局がその言葉を使うようになったからだ。

ウィリアムズは、国際危機管理官のバンコールに、正面を向いて短くうなずいた。

敬礼とおなじように敬意を示す仕草だった。

バンコールが口ごもり、戸口に一歩ひきかえした。「質問していいですか？」

「いってみろ」

「イラン関連であることはべつとして、トレヴァー・ハワードがどうしてこれに関与するのか、知りたいんです」

ウィリアムズは顔に出さなかったが、率直な質問に驚いていた。それに、満足していた。バンコールは、みんなに好かれていたヘクター・ロドリゲスがモースルのＩＳＩＳ拠点強襲中に死んだあとの後任で、オプ・センターでは新顔のほうだった。ウィリアムズは自分のチームに隠し立てせず率直であることを奨励していたので、遺恨を生みかねない話題をバンコールが持ち出したことによろこんでいた。

「ハワード国家安全保障問題担当大統領補佐官が世論調査の操り人形になっているからそうきくのか？　それとも彼がおべっか使いなので、わたしたちが嫌っているからか？」

あからさまな返答を聞いて、バンコールがにやりと笑った。

「どちらも事実だが、主因ではない」ウィリアムズはつづけた。「きみはこういうことには慣れていないかもしれないが、官僚組織の馬鹿げたやり口は知っているはずだ。

ワイアット・ミドキフ大統領が政治宣伝を必要としているときに、亡命したイラン軍の将軍を大衆の前で引きまわすわけだから——わたしは用心している」ウィリアムズはいった。「予算編成の前にＮＡＳＡが火星の生命体についていいかげんな話を発表するのと似ている。連邦政府機関にはかならず魂胆（こんたん）があるから、わたしは信用していないんだよ。テヘランのイラン軍上層部はいまも、わたしたちの兵士の手足を吹っ飛ばす簡易爆破装置（ＩＥＤ）を製造する資金を提供しているわけだから、やつをぶん殴りたくならないように、質問と応答を読むだけにしておく」

バンコールが、左腰をさすった。戦闘でずたずたに引き裂かれ、いまも歩くときにかなりぎくしゃくした動きになる。

「わかりました」バンコールはいった。廊下のほうをちらりとみて、笑みを浮かべた。「それに、気を遣ってくださったことに感謝しています。終わったらまた来ます」

笑顔のままだれかにおはようと挨拶をして、バンコールが自分のオフィスに向かった。入れ替わるように、アン・サリヴァンが戸口に現われた。ウィリアムズは立ちあがって、はいるよう手で促した。アンはすこし肩を落とし、無表情で、あまり元気がなかった。それだけでは、ウィリアムズにはなにもわからなかった。おそらくかなり疲れているのだろう。いっしょにソファまで行って、アンが座ると、ウィリアムズは肘(ひじ)掛(か)けに腰かけた。いつも持ち歩いているタブレットを、アンが前の大きなコーヒーテーブルに置いた。膝(ひざ)の上でぎゅっと手を組み、ドアのほうをふりかえった。

「だいじょうぶ」アンがいった。「つまりその、健康よ。しこりは良性だと先生がいったわ」まるで長く息を吐き出すようないいかただった。

ウィリアムズは、アンのほうを見た。アンが床に視線を落とした。

「ほんとうによかった。ありがとう」アンがいった。

アンはまだ深くゆっくり呼吸していた。ウィリアムズはせかさなかった。ようやく、アンがウィリアムズのほうを見あげた。呼吸はだいぶ落ち着き、目はうるんでいなかった。

「最初にこの話をしたときに、長官は戦いの場という話をした」アンが記憶をたどっていった。

「テディ・ローズヴェルト」ウィリアムズはそっといった。「パリでの演説。〝功績はじっさいに戦いの場にいて、顔が泥と汗と血にまみれている人間のものだ〟」

「それよ」アンはいった。「わたしは衰えの話をして、長官は気力の話をした。わたしは戦わなければならなくなる前にあきらめようとしていた」

「自分を責めているのでなければいいが」ウィリアムズはいった。

「すこしは責めている」アンは正直にいった。「長官のいうとおりだった。わたしの心が弱っていたときに、元気づけようとしてくれた。ありがとう——ポールにもお礼をいわないと。彼はあれだけのことを克服したんだから——もう一度こういうことになっても、わたしはもっとちゃんとする」

なにをいっても、どういう態度を示しても、恩着せがましくなるので、ウィリアムズはそういうことはやりたくなかった。アンはいうべきことをすべていった。

「仕事をしようか？」肘掛け椅子をコーヒーテーブルの端に寄せて、ウィリアムズは用意されたタブレットのほうを示した。

アンが答える前に、秘密保全措置をほどこしたウィリアムズのスマートフォンが鳴った。ウィリアムズはデスクに戻り、スマートフォンを見おろした。ためらってから、〝受信承認〟ボタンにタッチした。

「ハワード補佐官」くぐもった声で、ウィリアムズはいった。「西館はどんなふうですか？」

「ガセミ訊問のために、クアンティコに来てもらえないか？」前置きもなしに、いつものせっかちな口調で、ハワードがきいた。「ヘリはこっちで手配する」

ウィリアムズは、スマートフォンの時刻表示を見た。事情聴取は四十五分後にはじまる。「行けますよ」ウィリアムズは答えた。「どういうことですか、トレヴァー？」
「こっちへ来たら話す」ハワードがいった。「ブラックマーケットの核兵器について、きみたちが握っている奥の手（ホール・カード）がすべて必要なんだ」間を置いてから、強調するためにつけくわえた。「なにもかもだ」

国土安全保障省が制定した情報共有の枠組みはおおむねうまくいっているが、どこの組織でも幹部はなにかしら情報を温存する——伏せ札（ホール・カード）と呼ばれるものだ。力によって動かされている中央政界、情報がその力になる業界では、ＮＡＳＡとおなじように重要情報を隠しておいて、時機を見計らって公表する。
「行きます」ウィリアムズはきっぱりといった。

ウィリアムズは電話を切り、ＥＯＮ——披見のみ核関連——ファイルを呼び出して、最新の情報更新があるかどうかギーク・タンクに確認するようアンに頼んだ。フライト中にアミール・ガセミ准将の身上調書を読めるようにタブレットにファイルがあるのを確認し、クアンティコ行きの準備をした。六十歳のイラン軍将校の履歴書にくわえ、バグダッドのアメリカ大使館に亡命を願い出たときに行なわれた事情聴取も含まれている。身許確認の手続きの一環として、ガセミは情報を提供した。その後、ひどく動揺しているガセミを落ち着かせるために、移動させることが決定された。

「どうなっているの？」この戦いの場に完全に復帰したアンがきいた。

「さっきの口ぶり」ウィリアムズはいった。「ハワード国家安全保障問題担当大統領補佐官は、地雷原に踏み込んでしまったようだ」

5

ロシア、ホドゥインカ飛行場
ロシア連邦軍参謀本部情報総局
七月一日、午後四時十三分

ロシア最大の情報機関、参謀本部情報総局（グラーヴノエ・ラズヴェードウイバチエリノエ・ウプラーヴリエーニエ・ゲネラールイノヴォ・シターバ）――略してGRU――本部は、魚がせわしなく動きまわる金魚鉢のような独特な形なので、水族館とも呼ばれている。ホドゥインカは、一八九六年五月に帝政ロシアで最悪の悲劇が起きた場所だった。最後のロシア皇帝ニコライ二世の戴冠（たいかん）式が行なわれたときに、あらたな君主をひと目見ようと殺到した群衆が、警備の非常線を突破し、千人以上が圧死した。飛行場がそこに建設され、十四年後にボリス・ロシンスキーという男が、ロシアではじめて飛行機を操縦した。

ユーリー・ゲルマン・ボリシャコフ大尉は、歴史が好きだった。彼の名前も、英雄ふたり、初の宇宙飛行を行なったユーリー・ガガーリンと、二番目の宇宙飛行を行なったゲルマン・チトフにちなんでいる。ボリシャコフ大尉は、軍事技術部門である第9局に配属されていた。以前は戦略核兵器を担当する第11局に属していたので、今回の任務のために選抜された。もうひとつの理由は――それが最大の理由かもしれない――かつては英雄だったが、腐敗と不名誉の道を歩むようになった有名なロシア人の血を引くからだった。ユーリーの父親のコンスタンティン・ボリシャコフは、そういう人物だった。

　地味なグレーのビジネススーツで黄色い公共タクシーのリアシートに乗っていたボリシャコフ大尉は、民間のシェレメチェヴォ国際空港に向かう一般市民とまったくおなじように見えた。目立たないことが不可欠だった。ロシアが北極圏にあるナグルスコエ空軍基地を拡張しはじめてから、アメリカと中国は北行きの航空便にかなり注意するようになっている。三万六二六〇平方メートルの施設群は一五〇〇人の兵員しか収容できないが、クレムリンの狙(ねら)いは戦術的利点ではなかった。重要なのは、氷の下に埋蔵されている四億バレルの原油だった。それを開発する前に、まず防御できるようにしたかった。ロシア政府は、アラスカの防空圏の状況を知るために、Ｓｕ‐35戦闘機や冷戦期の爆撃機を送り込んで、アメリカの戦闘能力を確認していた。アラスカの米軍がナグルスコエに対する脅威ではないことははっきりしていた。

しかし、やつらはそちらの地域の監視に気を取られて、おれにはぜったいに気づかないはずだ、とボリシャコフは思った。

それでも、適切な予防措置をとったほうがいい。西側の目と耳が現地の物事を見聞きし、電子的な監視も行なわれている可能性が高いので、この空の旅が軍事に関係しているように見えてはならない。表面上は、心躍る企てのようだった。しかし、暗くなる空の下で車の流れを縫ってタクシーが走るあいだ、ボリシャコフは表面の下になにがあるかをずっと考えていた。

四十四歳の職業軍人のボリシャコフは、この会合をみずから望んだわけではなく、あまり乗り気ではなかった。提案すらしていない。上官のグラスコフ中佐の幕僚が名前を明かさずに決めたことだった。ボリシャコフは一週間前に配属通知を渡され、詳細な要旨説明(ブリーフィング)を受けて、父親に関する最新情報を伝えられただけだった。グラスコフは、ボリシャコフが父親との再会を楽しむとでも思ったのだろうか。いや、そんなことは気にも留めなかったにちがいない。ボリシャコフの父親は特別の理由で特定の場所にいる必要があり、息子を使えばそれを確実にやれると、ＧＲＵが確信したのだ。

タクシーは、空港へ向かう救急車のうしろを走っていた——治療を受ける必要がある患者を乗せているのではなく、白タクをやっているにちがいない。ロシアの大都市では、金を払う乗客が優先される。これこそが、ゴルバチョフの建て直し(ペレストロイカ)政策——社会〝改革〟——のほんものの申し子だ。あらゆる抑制が崩壊した。旧ソ連で這(は)い進んでいた闇経済が、いまではあらゆるまともな物事を力で押しのけ、馬鹿にして、おおっぴらに行なわれている。

父とおなじように。ヘビのように。

叩きつけるような雨が降りはじめた。ボリシャコフは煙草(タバコ)に火をつけて、窓に映るにじんだ光を眺めた。口を決然と引き結び、短く刈った黒い髪とおなじ黒い目も決意を宿していた。運転手側のワイパーが動きはじめた。助手席側のワイパーは動かない——だが、どのみちボリシャコフに見えるのは煙草の煙だけだった。決然としてもきっぱりした色があった。喫煙は、V・コチネワという旧姓でコンサート・ピアニストとしてある程度の成功を収めた母親のヴァルヴァラから受け継いだ習慣だった。得意にしていたのはアレクサンドル・スクリャービンで、十九世紀から二十世紀にかけて浮沈の激しかったその小貴族の作曲家とおなじように、彼女の人気もうつろいがちだった。

ボリシャコフは、ワイパーに目を向けた。楽しかったレッスンのときに拍を刻んだメトロノームのようだと思った。レッスンと母親のことはよく考えるが、父親のことは考えない。一度も考えたことはなかった。

いままでは。

ボリシャコフはルームミラーを見て、ほんとうの家、唯一の家族といえる水族館(アクヴァリウム)の遠ざかる明かりを目にした。過去は見たくなかった。最後に話をしたときの父親の顔も思い出したくなかった。

「ユーリー、ニュースがある」父親はそのときに、重々しくいった。

ニュース！　誇り高いソ連の人民によって、またひとり、宇宙飛行士がロケットで打ちあげられたと、十四歳の少年にいうような口調だった。学校から帰ってくると、父親はかならずそういうふうな話をした。

ニュース。

ボリシャコフは、シートのうしろの灰皿で吸殻を押し潰(つぶ)した。荒々しくつっこんだので、運転手がはっとした。

「おい！」運転手がどなった。

「すまない」小声でボリシャコフはいった。

「スプリングがへたってるんだ。痛かったんだぞ！」

「あやまっているだろう」ボリシャコフは、丁寧にいった。

運転手がぶつくさいって、また黙り込んだ。救急車の白タクを使えばよかったと、ボリシャコフは思った。いや、運転手は白タクに腹を立てているのかもしれない。情報公開（グラスノスチ）でなにもかもが混乱してバラバラになったせいで、何事も明確に見極めるのが難しくなった。

グラスコフ中佐のいうことが信用でき、クレムリンにいるボリシャコフの情報源が伝えてきたことが正確だとすると、プーチン大統領の考えはまったく正しい。大統領の目標は、古いやりかたにふたたび火をつけて、誇り高い思考回路を再建することだ。昔の連邦を拡大し、あらたな統一体――ソヴィエト連邦ではなくソヴィエト帝国――を創立する。西側と権衡（けんこう）を保って全世界で躍進する勢力になる。

先走りするな、とボリシャコフは自分をいましめた。

無理からぬことだった。ボリシャコフは何度も任務に就いた経験があるが、ほとんどはロシアの長距離ミサイル基地の防諜（ぼうちょう）と偽情報に関するものだった。外国の諜報員を混乱させ、不活性工作員やスパイを見つけ出すのが、第11局が実行する主な企てだった。それは知力を刺激する充実した仕事だったが、今回の計画は――はるかに重大だった。

タクシーが飛沫をあげて走り、飛行機の爆音が近づいた。ボリシャコフは、東への長時間のフライトが楽しみになってきた。この一週間ではじめて、体を休めることができる。それに、このベーリング海や北極海の沿岸地域には行ったことがない。祖国で目新しい地域を見出すのは、ボリシャコフにとってつねに刺激的だった。ロシア人ですら行かないような遠陬(えんすう)の地に核ミサイルのサイロ(弾道ミサイル格納・発射用地下施設)が数多くあるのがよろこばしかった。

フライト中に、この旅をする理由をじっくり考える時間がある。地理を学び、放置されている機器の仕組みや取り扱いを研究し、氷壁を登る訓練をするなど、集中的に準備しなければならず、疲労がたまっていた。すべて実行できたが、全体像を理解することだけが残されていた。母親が殺される原因になった男のことばかり考えていたら、それを見失ってしまう。その男の名前すら憶えていないが、見つけたら即座に殺すつもりだった。

空港入口の外の道路は穴だらけで、トランクに入れてある荷物が揺れた。雨は霧雨に変わり、やがてやんだ。ボリシャコフは荷物を出して、運転手に代金を払い、歩道にあがった。夜とともに訪れた新鮮な暖かい空気のにおいを嗅(か)いだ。モスクワは彼の街であり、ロシアは彼の故郷だった。これからの道のりがどれほど険しくても、その両方に栄誉を授けるために、必要なことはなんでもやるつもりだった。

目的意識に元気づけられたボリシャコフ大尉は、向きを変えて、ヤクーツク航空のターミナルにはいっていった。

6

ヴァージニア州スプリングフィールド
フォート・ベルヴォア・ノース
オプ・センター本部
七月一日、午前九時十四分

「同席するよう求められたんですか？」

「となりの席で」ウィリアムズは、ポール・バンコールに断言した。

「それは……不可解な趣向ですね」婉曲ないいまわしを好むバンコールが応じた。

　バンコールは、揺れが激しいオープントップのジープスター・コマンドのリアシートにウィリアムズとならんで乗っていた。日差しが暖かく、空は晴れていて、走っているあいだにウィリアムズは頭をはっきりさせることができた。ジープスターは、一九八〇年代にはじめて購入された軽量の機動性の高い四輪駆動車で、二〇一七年に陸軍が初級地上機動車両の一部として運用するようになった。ウィリアムズは、鉛でできた厚いコートを着ているような心地になる高機動多用途装輪車(HUMVEE)よりも、このほうを好んでいた。

「どう解釈しますか？」バンコールがなおもきいた。

ウィリアムズは肩をすくめた。「やっこさん、まるでほんものの手榴弾(てりゅうだん)を握っているような感じだった。さっぱりわからない」

ウィリアムズは、ベルヴォア・ロードの先にある練兵場で暖機運転を行なっている四十年前から現役のUH‐60ブラックホーク・ヘリコプターを見やった。

「せめて、ブラックナイトを貸してくれるわけにはいかなかったんですかね」バンコールが馬鹿にするようにいった。

フォート・ベルヴォアは、空飛ぶジープともいうべき先進戦術ブラックナイト・トランスフォーマの実用試験の本拠地だった。ピストンエンジン八基で二枚羽根のプロペラを回転させ、垂直離陸して飛行し、地上ではフォルクスワーゲンのエンジン一基で走行する。その不格好な機械を、ウィリアムズは見たことがあった。あんな不格好な代物(しろもの)に乗らずにすんでよかったと、ウィリアムズは思った。

退役将校のウィリアムズは、ヘリコプターに近づいて、ブルーのウィンドブレーカーがローターの風を受けはじめると、いつものように胸がざわついた。ふられた女の子にキスされるような感じだと、臆面もなく思った。ほかにはない、なじんだ感覚。走っているジープの起こす風のなかをローターの風がそっと突き抜け、ナイロンの布地をぎゅっとつかんで押し下げるおなじみの感覚を味わうと、指揮した部隊すべてと、訪れてはあとにしたあらゆる地獄の穴のことが思い出された。

ウィリアムズは、オプ・センターの仕事が気に入っていたが、現場にいない淋しさを味わっていた。現場の仕事が、いまの自分をとことん創りあげたからだ。デスクに縛り付けられて、指揮官ではなく官僚や外交官のような仕事をしていると、それが心の底から懐かしかった。

「ドーソンといっしょに見ていますよ」ジープが減速すると、バンコールはいった。

「ほかに向こうで必要なことはありますか?」

「ああ」おりながらウィリアムズはいった。「ブルーナを接続させていいかどうか、きいてくれ。許可されなかったら、秘話回線で動画を送ってくれ。ボディランゲージを分析してもらう必要がある」

「やります」

メガン・ブルーナは、ベセズダ海軍病院の常勤精神科医で、オプ・センターはいつでも仕事を依頼できる。仕事は大部分が重症のPTSD（心的障害後ストレス症候群）に対するものなので、オプ・センターの風変わりな難題に取り組むチャンスを、彼女はおおいに歓迎している。

ウィリアムズは陸軍の運転手に礼をいったが、用心のために敬礼はしなかった。現在の地位だけではなく、過去の履歴もできるだけ伏せておかなければならない。だから、イラン軍将軍の訊問についてバンコールはなにも具体的な質問をしなかったし、ウィリアムズも詳細には触れなかった。

三〇キロメートル北東のクアンティコへのフライトは、十分もかからなかった。ウィリアムズのヘリは、敷地の南西にある海兵隊の航空施設に着陸した。大統領の車両隊のなかでは小ぶりな黒いセダンが迎えに来ていた。トレヴァー・ハワードが、ガラスのパーティションを隔てて車内にいた。

「来てくれてありがとう」細身で髪が薄くなり、渋面が固まっている国家安全保障問題担当大統領補佐官がいった。

「よろこんで手伝いますよ」ウィリアムズはサングラスを外し、なんとか本気に聞こえる口調でいった。

　ふたりは友人ではなく、味方ともいえないような仲だった。ハワードは国家よりも政治を優先する党派主義者であるうえに、旧オプ・センターは無謀で反逆的だったから、ウィリアムズとその部下たちもおなじになるはずだと警告して、オプ・センターの活動再開に強く反対した。数々の危機がひろがったために、大統領はそういった反対意見に耳を貸さなかった――ハワードだけではなく、それぞれの強固な勢力圏に立て籠もっているさまざまな情報機関の長たちも反対した。皮肉なことに、反対する連中の意見があながちまちがっているともいえない。ウィリアムズのオプ・センターがつねに効率的なのは、通常の手順を踏まず、規則をおおむね度外視して活動するからだった。

「それで、わたしの最初の質問は、ファイルになかったことですが。ほんもののガセミだと、どうしてわかるのですか？」

「一九七七年の公式訪問時にはイラン皇帝の親衛隊員だったので、指紋が残っている。同一人物だ」

「では、なにが心配なのですか？」ウィリアムズはつづけた。「経歴もわかっている」

「たしかにわかっている」ハワードが答えた。「長い経歴だし、かなり具体的だ。イランではめずらしい。亡命するおそれがある人物だというように、改竄できるような経歴だ。イラン皇帝と結び付きがあったのだから、なおさらだ。一九七九年に政権が倒れたとき、皇帝に忠実だった将校の多くは、逃げるか隠れた。行方知れずになったものもいる。多くの人間が、どうなるかわからない状況に置かれた。イスラム共和国への移行を生き延びたものはほとんどいない。しかし、彼がなんとか移行を切り抜けたと推定することにしよう――一族の人脈、本人がいうようにホメイニ師の従兄弟であることによって」ハワードは話をつづけた。「ガセミはたちまち大きな権限がある地位に昇進して、最高指導者の専門家会議のモジュタヘド（イスラムの教義決定権と立法権を認められたウラマー［宗教指導者］。専門家会議はモジュタヘド八十八人で構成されている）の警護要員と緊密に働くようになった」

「特権階級の情報の多くにアクセスできるようになったわけだ」

「当然ながら、わたしたちが手に入れたい情報だ」ハワードがいった。「申し分のない亡命者だ。おそらくこの目的のために、ホメイニが権力を握ったときから偽装身分をでっちあげたのだろう」

「あるいは」ウィリアムズは反論した。「皇帝にひそかに忠誠を保っていたが、待ちきれずに神権国家を裏切った」

「そのとおり」ハワードがいった。「しかし、この贈り物の馬を暖かく迎え入れるまえに、本物かどうかをたしかめなければならない」ハワードが、ウィリアムズをじっと見た。「マット・ベリーが、きみには〝正真正銘の軍人〟という特殊な才能があるというんだ。大統領は、そういう視点を必要としているし、わたしもおなじだ」

マット・ベリーは、ミドキフ大統領の次席補佐官で、オプ・センターの作戦部長ボブ・ドーソンの親友だった。ベリーは無口だが、オプ・センターにとってホワイトハウスの内部事情通でもある。

「それは光栄ですね。それに、わたしもすくなからず興味があります」

ハワードが、重たげに首をふった。「紅い薔薇（レッド・ローズ）をつかまされるわけにはいかないんだ、チェイス。この男のように目立つ人間の場合」

〝紅い薔薇〟とは諜報戦の陥穽（かんせい）のことで、ラペルに差している分には美しいが、棘（とげ）が心臓に突き刺さる。

「ほかにだれが来るんですか？」ウィリアムズはきいた。

「ジャニュアリー・ダウとアレン・キムだ」ハワードがいった。「国務省情報研究局（ＩＮＲ）とちょっとした縄張り争いがあって、ジャニュアリーが最初の質問をやることになった」

ウィリアムズは、うなずいて賛意を示した。キムは優秀だし、オプ・センター情報部長ロジャー・マコードとは長年の同僚だった。クアンティコのＦＢＩ施設の副所長で、みずから車を運転して、ガセミを護送した。ウィリアムズは、ＩＮＲの若い副局長のダウとも知り合いだった。ダウはハーヴァード大学で政治学を専攻し、南アフリカとトルコのアメリカ大使館それぞれに二年間勤務した。シーア派とスンニ派の闘争について《アメリカン・インテリジェンス・ジャーナル》に彼女が書いた論文を、ウィリアムズは読んだことがあったが、いささか学術的すぎ、現場の兵士の視点がほとんどなかったので、あまり好みではなかった。象牙（ぞうげ）の塔の堅苦しい流儀にはまっていて、ＦＢＩとＣＩＡとオプ・センターを一度もそれぞれの綽名（あだな）――局（ザ・ビューロー）、社（ザ・カンパニー）、牧場（ザ・ランチ）――で言及していなかった。だが、訊問に立ち会わせるのは賢明だった。ＩＮＲはイラクの大使館に連絡員を置いていて、ガセミをその連絡員が引き受けた。ＩＮＲとＦＢＩが共同でガセミの身柄を拘束していたことは明らかだった。この大きな獲物――あるいは大きな重荷――が自分たちの責任にならなかったことにＣＩＡが憤慨するとともにほっとしているのが目に見えるようだと、ウィリアムズは思った。

　自分が臨席するのをダウが気にしないといいのだがと、ウィリアムズは思った。好意的な官僚ですら、領分を侵されると機嫌を損ねるものだ。

　目的の場所に着くと、ハワードがまたウィリアムズに礼をいった。最初の〝ありがとう〟は来てくれたことに対するお礼で、二度目の〝ありがとう〟はもっと暖かく、心がこもっていた。過去の侵害行為をすべてひっくるめて自己恩赦するためだったらしい。その賞味期限が一時間ほどだということを、ウィリアムズは知っていた。

セダンはＦＢＩの情報技術部の前でとまった。ドーソンが以前、マカロニとチーズの色だと描写したなんの変哲もない建物で、工業団地にあってもおかしくないような、地味で平凡な造りだった。基地全体の警備が厳重なので、広い抑留施設は必要ではなかった。それに、この施設そのものに、訊問を記録し秘密保全措置をほどこして送信する機能がある。

ウィリアムズは、めったにオフィスを離れることがない――離れてもたいがい、他人のオフィスに行くだけなので、これはありがたい気分転換でもあった。政府機関では決まりきった日常業務が必要とされるし、ウィリアムズの仕事はことに統制が厳しかった。ウィリアムズは妻を失い、息子と娘は成人してよその街に職場と家がある。週末は疲れ切っていて、いまさら女性と最初から付き合う気にはなれない。とりわけ、地球に舞い降りた天使のように優雅で愛らしいジェニーとの愛のあとでは――それに、夜には彼女がそばにいるように感じることも多い。社交や休みのときの気晴らしは、土曜日の恒例になっている国防総省のラクロス・チームとの試合か、ときどき国内危機管理官ジェイムズ・ライトと対戦するスカッシュくらいのものだった。

ウィリアムズとハワードがガラスのドアを通って歩いていくと、長身で目鼻立ちのくっきりしたアフリカ系アメリカ人の女性が現われ、大股(おおまた)できびきびと近づいてきた。USBポートに秘話ワイヤレスレシーバーを差し込んだ、大きなタブレットを持っていた。ジャニュアリー・ダウだと、ウィリアムズは見分けた。アレン・キムがすぐうしろにつづいていた。ふたりが早足だったので、ハワードは立ちどまった。

「なにかあったのか?」ハワードが、語気鋭くきいた。

ダウがまわりを見て、だれもいないことをたしかめた。一行は、ドアの上に設置されている防犯カメラ二台から離れたところに立っていた。

「なかにはいる前に、見てもらわないといけない動画があります」ハワードの質問には答えずに、ダウがいった。

「なんの動画だ?」ハワードが、不機嫌に詰問した。

ダウがぶっきらぼうに答えた。「人道主義者がなにもかも信じられなくなるような動画です」

7

ヴァージニア州スプリングフィールド
フォート・ベルヴォア・ノース
オプ・センター本部
七月一日、午前九時四十一分

彼は死から蘇(よみがえ)った男だった。

キャスリーン・ヘイズが、そういう人物——コンスタンティン・ボリシャコフの短い身上調書を作成したとき、キーボードに打ち込んだことはすべて記録され、疑問があるときには正当な理由を説明しなければならなかった。個人の仕事の効率を判断し、国家機密を守るためばかりではなく、従業員がオフィスを離れている時間や、勤務時間中に私用で携帯電話を使っている時間を計るために、アーロンがいう〝マイナス控除〟の手順が採用されていたからだ。

キャスリーンがなにかを書き足すたびに、自動アルゴリズムが作動して、きわめて専門的な知識を駆使し、彼女が調べている対象の身に起きるはずがない出来事と結び付けた。具体的にいうなら、冷戦が専門の歴史家でもないかぎり、下っ端の情報将校をキューバ危機と結び付けるはずがないのに、そういう結果が出たのだ。とはいえ、コンピューターですら、その〝脅威警戒態勢〟レベルは〇・七%という取るに足りない確率だと認めていた。そのつながりは、おなじ情報班に属していて、ボリシャコフがソ連軍の公式記録から消えたのとおなじ日にハバナに配置されていた故イリヤ・ムイシュコフ大尉を通じて表われた。四半世紀後に姿を現わしたとき、ボリシャコフは一般市民だった。

「それまでずっと、どこにいたのよ?」キャスリーンは、思ったことを口にした。「それに、あなたは軍人だったの、それともそうじゃなかったの?」

ゲアリ・ゴールドが、自分のコンピューターから目を離さずにいった。「質問ささやき人」息を吐き出すようなしゃべりかたを真似(まね)して、ゴールドがささやいた。いびきをかいていて蹴飛(けと)ばされたようなものだった。やり返してもどうにもならない。

「ごめんなさい」キャスリーンは、すこし顔をあからめていった。

思ったことをつぶやくのは、指で絵を描いていた幼児のころからの癖で、小学校でもそうだった。不可解なことに出遭うと、ついその癖が出る。キャスリーンは、モニターに目を戻した。

ゴールドはにやりと笑い、携帯電話につないであるイヤホンに手をのばした。「ラジオのトーク番組を聞くから平気だよ。世界がいったいどうなってるのか、ぼくだって知りたい」

ふたりは仕事に戻った。キャスリーンは、ＶＩＥ――非抑留者の動画分析――を五分後にやってほしいという、バンコールからのインスタントメッセージを受信した。動画が届いたらアクセスコードを伝えると書いてあった。

キャスリーンは受領通知を返し、謎(なぞ)の男コンスタンティン・ボリシャコフの調査を再開した。メーデーの画像はあるが、その当時、その名前の記録は皆無だった。ロシア、アメリカ、そのほかの裕福なロシア人が好む投資先でも、銀行取引が見つからない。

「現金だけで生き抜いてきたの？」キャスリーンは疑問を投げかけた。

ほかの国はいざ知らず、ロシアではその可能性もある。ブラックマーケットでは、できるだけ電子取引の証拠を残さないようにするからだ。しかし、ボリシャコフが情報将校から犯罪者になったという証拠はなかった。確率からして、こういう情報将校は新しい身許をあたえられ、スパイとして海外に派遣されることが多い。

時間を無駄にしていると、キャスリーンは思いはじめた。ソ連崩壊のときには、第三帝国が滅亡したときとおなじように、大量の記録が破棄された。資料が海外担当の情報機関のファイルに保存されていたとすると、消滅している可能性が高い。

「それでも……」

キューバとの結び付きは興味深かった。直行便の運航を許可したキューバに押し寄せた最初のアメリカ人観光客のなかには、身分を偽装したＣＩＡの工作員がいて、ラウル・カストロ後の政権の状況いかんにかかわらず人脈を築いて影響力を行使しようとするロシア、中国、南米、中東の諜報員を捜した。連合国と枢軸国の諜報員が活動していた戦時中のカサブランカが蘇ったようだった。表向きは隠密のようでも、裏では顔や名前をおたがいに知っていた。たまの娯楽が殺人になりかねない旅行に出かけているようなものだ。諜報員たちが行く必要がない場所が、一カ所あった。ハバナの数キロメートル南西にあるロウルデス信号情報（ＳＩＧＩＮＴ）収集基地。ロシアのＳＶＲ——対外情報庁（スルージバ・ヴネシュネイ・ラズヴェトキ）——が運営し、キューバ政府が年間二億ドルの〝賃貸料〟を稼いでいる。民間人の委員を含む放送管理委員会（ＢＢＧ）が監督していたラジオ放送を受信できないようにすることに成功したあと、ロウルデスはアメリカの電子的な対諜報活動の主要な標的になった。BBGの放送の多くは、アメリカからイランに向けて発信されていた。タンパのマクディル空軍基地にある国防総省聴音基地が二〇一五年にようやく、探知を避けるためにモスクワのヤセネヴォ地区にあるSVR本部を介していた信号を手がかりにして、ロウルデスSIGINT基地にハッキングで侵入した。モスクワとハバナの通信によってアメリカはコードを解読し、ロシアに電子信号を傍受されたときに追跡できるようになった。SVRが捉えた情報はたいがい些末で価値がないものばかりだった。だが、傍受はつづけられていた。

あいにく、ロウルデスは活動を再開した二〇一四年以前のことに関しては、あらたな知識をあたえてくれなかった。五十年間の活動を経て二〇〇二年にいったん閉鎖され、ファイルはその時点で破棄されるか、SVR本部に移された。だが、一部は夜間に連絡員によって、ハバナから九〇〇キロメートル離れ、島の反対側にあるグアンタナモ湾のアメリカ海軍基地に届けられた。それがスキャンされていたので、キャスリーンはムイシュコフ大尉の情報を探した。

ひとつだけヒットした。ムイシュコフは悪性の下痢で入院していた。

「堂々巡りだわ」キャスリーンはつぶやいた。

キューバのファイルを閉じ、コンスタンティン・ボリシャコフのファイルも閉じようとしたとき、ボリシャコフという苗字がヒットした。キャスリーンはその警報を読んだ。

二〇一九年七月一日、午前九時四十八分。
インターポール経由／データ配信／シェレメチェヴォ‐防犯カメラ
ボリシャコフ、ユーリー・ゲルマン、乗客
ヤクーツク航空／四六四便／SVO‐DYR

キャスリーンは、空港コードを調べた。SVOはシェレメチェヴォなので、モスクワ発だとわかるが、DYRは——？

これはちょっとしたプレゼントだわ、キャスリーンは心のなかでつぶやいた。

ユーリー・ボリシャコフは、空路でDYR——アナドゥイリのウゴリヌイ空港——

へ向かっていた。身許を調べ、現住所はモスクワだとわかった。生地は――アナドゥイリ――そして両親は、コンスタンティンとヴァルヴァラ、現在の状況は不明。写真はなかったが、異例ではなかった。ロシアは学校、パスポート、運転免許証のデジタル化では、アメリカにだいぶ後れをとっている。写真はたいがいそういったものが情報源なのだ。

すると、これはただの家族再会かもしれない。無限に近い情報にアクセスすると、そういう諸刃の剣になる。足跡を追っても、どこにもたどり着けない。

「でも、そこまでずっと早く行ける」キャスリーンは、思ったことを口にした。

ユーリーという男がアナドゥイリに到着したら画像が得られるはずだと思い、自動アップデートできるように、ファイルをあけたままにした。この情報をどうすればいいのか、なにに関連があるのか、見当もつかなかった。モニターに自分の顔がぼやけて黒く映っているのに気づいた。これが――自分が――『一九八四年』でジョージ・オーウェルが警告したビッグ・ブラザーなのだ。すべてを見ている政府。正当な理由はどこにもない。相手の許可を得ず、知られないように、私事をこっそり見聞きしている。統計上はほとんどゼロに近い確率なのに、武器密売人の可能性がある人物がなにかに結び付いているかどうかを調べている。その男は商売をやめているかもしれない。たとえやめていなくても、その稼業はオプ・センターにはなんの関わりもない。仮定があまりにも多いので、覗き趣味の変態になったような気がしていた。

その言葉は口にしないように気をつけた。ゲアリがなにを聞いているにせよ、聞かれてしまうにちがいない。

インスタントメッセージの赤いフラッグが画面に現われた。ポール・バンコールからだった。


ガセミの動画にアクセス、コードQu/i/
[71]……pB10/Red!

キャスリーンは受領通知を返し、送られてきたファイルのアクセスコードを打ち込んで、ガセミというファイル名で保存した。そのイラン人が何者なのか、アナリストのキャスリーンは知っていたが、ただそれだけだった……いままでは。コードのQu/iという文字列によって、クアンティコにいて、事情聴取されているのだとわかった——刑務所であれば訊問（インテロゲイト）ということになる——［71］という日付と承認している幹部名と時刻につづいて、ボディランゲージと声を分析することをバンコールは求めていた。ガセミが亡命すると、国土安全保障省は彼の動画と写真をすべてそろえたファイルを配布した。キャスリーンのコンピューターは、これからガセミのボディランゲージ、体温データ、発言を、体の基本的な動きや表情と比較することになる。そして、真実を述べているかどうかを評価するフローチャートが作られる。国際危機管理官のバンコールのほかに、メガン・ブルーナがベセズダで動画を見ていることに、キャスリーンは気づいた。精神科医のメガンも、自分の解釈を述べるはずだ。

奇妙なことに、この作業には覗き見をしているという感じがつきまとわなかった。ガセミがみずから参加しているからかもしれない。それでも、事情聴取がはじまるのを待つあいだ、アメリカや世界中で監視カメラが増えていることを思わずにはいられなかった。衛星は犬の首輪の文字や、準郊外地区でキーボードを叩いているのを読み取ることができるし、法執行機関のソフトウェアはそのほとんどに適合している。安全保障チームの人間がこの先、私人として不安にかられることなく、インターネットとつながっていない感覚を味わうことはあるのだろうかと、キャスリーンは思った。

コンピューターの時刻表示が十時になった。会議テーブルの端にあるらしい席が映し出された。小柄で温和な感じの男が、そこに座っていた。顎鬚（あごひげ）を短く刈り、やや濃い口髭（くちひげ）を生やしている。目は黒く、落ちくぼみ、口もとは緊張してはいないが、閉じていた。抗弾ベストを身につけ、どこでだれに捕らえられたかを示すような標章がない黒い野球帽をかぶっていた。

テーブルを見つめている男を、キャスリーンは二分間見守っていた。キャスリーンのフルレンジ訊問スキャン（FRISC）合成画像は、すべて正常だった。顔の体温、両手と両肩の落ち着きのなさ、目の動き、呼吸……なにもかもが、キャスリーンが一度ウィリアムズに説明したように、〝雨のなかを走る長い列車のまんなかに乗っている〟状態だった。ウィリアムズは、無警戒A（ガード・ダウン・アルファ）という正式な分類よりも、その表現のほうが気に入ったようだった。

やがて、十時三分二十二秒に、突然男が目をあげた。その三秒後に、動画が終わった。

8

ヴァージニア州クアンティコ
海兵隊駐屯地、FBIアカデミー
七月一日、午前十時十四分

この口論ではなにも決まらなかったと、チェイス・ウィリアムズは思った。

十五分前に、陽の当たる場所に立っていたとき、ウィリアムズとハワードに見えるように、ジャニュアリーがタブレットを傾けた。吐き気を催す動画だったが、ウィリアムズの上半身をさむけが走ったのは、そのせいではなかった。

戦闘はアドレナリンを分泌させ、認識の限界を押しひろげる。指揮をとるとすさまじい集中力が生じるとともに、戦時には部下の兵士だけではなく一般市民も含めた他者の生死が、心の底にわだかまる大きな不安材料になる。

さきほど見せられたものは、そういう戦いの無残さとはまったく異なっていた。頭から胸まである黒いヒジャーブを身につけた中年女性が映っていた。その下には床まで届く長さの、金の縫い取りがあるアバヤを着ていた。女はなにもない部屋のコンクリートの床に倒れていた。壁はコンクリートブロックだった。男がそばにいて、鞭で何度もくりかえし女を打っていた。鞭で打たれるたびに女が哀れっぽい悲鳴をあげ、這って逃げようとする——すぐにまた革の鞭でぴしりと叩かれる。服がところどころ破れ、血に染まっていた。

動画の左下の隅に、一枚の写真があった。制服姿のガセミ准将の写真で、イラン革命防衛隊の銃と月桂冠の徽章が刻印されていた。軍の身分証明書用の写真のようだった。

六十秒の動画は、もっと長く感じられた。終わると、ハワードがきいた。「あれはだれだ?」

「わかっていません」ジャニュアリーが答えた。

「もっと重要なのは、どうやってこれを手に入れたかだ」ウィリアムズはきいた。

「バグダッドの大使館に、フラッシュドライブで届けられました」

「いつ?」ウィリアムズは重ねてきいた。

「十時間ほど前です」ジャニュアリーが答えた。質問された理由はわかっていた。

「いいえ、この事情聴取とタイミングを合わせたのではないと思います。その逆でもないでしょう。必知事項(ニード・トゥー・ノウ)は高度に制限されていましたから。事情聴取のどこかの時点で見させるためだろうと、バグダッドの同僚がいいましたが、わたしもそう思っています」

「ドライブの鑑識結果は？」

「指紋は残っていません。アメリカ陸軍の支給品です」

「どうしてわれわれのものだとわかるんだ？」ハワードがきいた。

「ＩＴ課が調べて、この動画がエクスカリバー誘導砲弾（ＧＰＳと慣性誘導によって射程を延伸した砲弾）用の動画に上書きされていたことを突き止めました」

「イラクからか」ウィリアムズはいった。「まずいな」

「どういう意味だ？」ハワードがきいた。

「テヘランはガセミの近くに手先を置いていたか、ひそかに見張っていたはずだ」

「つまり――ガセミはスパイなのか？」ハワードがきいた。

「そうとは限りません」ジャニュアリーがいった。「将校はたいがい監視されています。もっともこれからそれを突き止めようとしているわけですが」

「やつらがガセミを見張っていたのなら、亡命する前にどうして阻止しなかったんだろう?」ウィリアムズはきいた。

「わたしもそのことを考えました」ジャニュアリーがいったが、説明はなかった。ウィリアムズはそれを聞き流した。

「通訳はつくのか?」ウィリアムズはなおもきいた。

「ガセミは英語が話せます」ジャニュアリーがいった。

「それはまた都合がよすぎるな」ハワードが意見をいった。

「そうとはかぎりません」ウィリアムズはいった。「皇帝のそばで勤務していた人間は、英語が話せないといけなかったんです」

ジャニュアリーが、感心したようにウィリアムズを見た。ウィリアムズの履歴書に目を通していなかったことは明らかだった。

時計を見たとき、ウィリアムズのさむけは消えていた。「遅れている。動画を見せるのか、見せないのか?」

「訊問する前に?」ハワードが強い口調でいった。「この女が係累だとしたら、ガセミは口を閉ざすかもしれない。そのために届けられたんじゃないのか?」

「何事もまだ決めつけることはできません」ジャニュアリーが反論した。「ただ、ガセミはこういうことを予期していたにちがいありません」

　ウィリアムズは、さきほど動画を見なかったキムのほうをちらりと見た。「アレン、意見は？」

「見せましょう」キムが答えた。「ガセミの言葉よりも、反応のほうがいろいろ教えてくれるでしょう」

「そうかな？」ハワードがいった。「演技できる」

「ごまかそうとしても、わかります」ウィリアムズは、ハワードにきっぱりとそういった。「恐怖による反応は、ただの悲鳴よりも強い。最初にタブレットを見るときに、辟易（へきえき）したような顔をするのが、その指標のひとつです。つづいて、動画を見るうちに、怒り、悲しみ、自責の念が現われる。目や手にそういうものが現われないか、見ればいい」つけくわえた。「見せましょう」

「その分析はとてもいいと思います」ジャニュアリーがウィリアムズにいった。「でも、すこし待ちたい。その前に質問したいことがいくつかあるからです」

　これはジャニュアリーの訊問だし、どのみちウィリアムズに強く主張する気持ちがあるわけではなかった。ジャニュアリーがなかにはいり、あとの男たちもつづいてロビーにはいっていった。若い男女が何人かたむろしていたので、もう話し合いはなかった。夜明け前にジャニュアリーと警衛がガセミを部屋に入れ、その警衛がずっとガセミに付き添っていた。ガセミは重要人物だが、この施設が注目されるのを避けるために、ＩＮＲはできるだけいつもとおなじ態勢を維持しようとしていた。警備が厳重な施設にはいれない敵の諜報員はしばしば、食事のために外出する職員を見張り、会話を盗み聞きしたり、スマートフォンでのグーグル検索を傍受したりする。

ジャニュアリーは、男三人を右の廊下へ向かわせた。二階までエレベーターに乗り、べつの廊下の突き当たりの部屋まで歩いていった。四人ともずっと無言だった。ウィリアムズは、自分たちが知っていることをじっくり考えていた。

ジャニュアリーがドアをノックし、内側でロックが解除されるのを待った。

「客人には食事をあたえたんだろう？」ウィリアムズはジャニュアリーにきいた。

「本人の希望で、果物とコーヒーを」ジャニュアリーが答えた。

「礼拝用の絨毯（じゅうたん）も要求したんだね？」ウィリアムズは疑問を投げかけた。

「大使館で」ジャニュアリーがいい、また感心したような目つきでウィリアムズを見た。「ガセミはそれをここに持ってきた」

ドアがあき、四人はなかにはいった。ガセミは短い会議テーブルの奥で席に就いていた。三脚付きのビデオカメラが手前にあり、ジャニュアリーがその横に立ち、あとの三人はドアの内側にならんだ。

　ジャニュアリーは、三人を紹介しなかった。タブレットをテーブルに置き、ガセミに笑みを向けて、ビデオカメラの電源を切った。

「ミズ・ダウ?」ハワードが、その意味を計りかねてきいた。

　ガセミも、ハワードとおなじくらい驚いているようだった。

「まずふたつ質問するけど、それはオフレコです」ガセミのほうを見たままで、ジャニュアリーがいった。「知られてはならない作り話があると、わたしは確信しています」

「いったいなんの話だ?」ハワードがきいた。「情報専門家に見させているのに」

「この部分は見せません」ジャニュアリーがいった。

　ウィリアムズとキムは、目配せを交わした。ジャニュアリーがなにをやりたいのか、ふたりにもわからなかった。

　ジャニュアリーは、ガセミをじっと見た。「将軍、ビデオカメラを切ったのは、先ほどいったことをもう一度いいたいからです。ここにいれば、ぜったいに安全です。でも、わたしたちはほんとうの答を知る必要があります。将軍が納得しないかぎり、そのことはこの部屋の外では漏らしません。おわかりですね?」

「わかった。それに、ありがとう」ガセミが、静かな声でいった。きわめて強力な人物に従うのに慣れている男の声だった。

「最初の質問です、ガセミ将軍。あなたはキリスト教徒ですか？」

ガセミがたちまち反応した。なにもいわず、口がきけないようだったが、ふるえはじめた。

ハワードもおなじくらい度肝を抜かれていた。

「だれにもわかりませんよ」ジャニュアリーが、ガセミを安心させようとして、すぐにそういった。

「もう一度ききます。キリスト教徒ですか？」

ガセミがうなずいた。なにかいいたいようだったが、言葉を失っていた。ジャニュアリーは助け舟を出した。

「革命前は、どこで礼拝していたのですか？」

「家族も両親も、みんなテヘランの神の中央集会所（セントラル・アッセンブリーズ・オヴ・ゴッド）で礼拝していた」ふるえる声で、ガセミがいった。「いまはない」悲しげにつけくわえた。

「プロテスタントですね？」ジャニュアリーがきいた。

ガセミが一度うなずいた。

「関係があるのか？」キムがきいた。

「そうなら話が信じられる」ジャニュアリーはいった。「一九七九年に大都市のキリスト教徒はほとんど国外に逃げたけど、信者が最大だったプロテスタントは、地下に潜った。嵐がすぐに終わるように祈り、乗り切ろうとした」

　ハワードが、嫌悪もあらわに首をふっていた。「将軍、きみと家族は革命以来ずっとシーア派のふりをしていて、政府はきみの経歴をまったく疑わなかったというのかね？」

「記録はたいがいなくなるか、破棄された」ガセミはいった。「当時もいまも、テヘランではなにひとつたしかなことはない。月日が過ぎるうちに、だいじょうぶだと思えるようになった。受け入れられたと。そこへ――これが起きた」

　ジャニュアリーが、質問をつづけるために、ハワードを手で制した。

「正直に答えてくださって、ありがとうございます、将軍」ジャニュアリーはいった。

ガセミの信仰をあばいたことに勝ち誇っている口調ではなく、同情をしめしていた。

「第二の質問です。彼らが捕らえている女性はだれですか？」

　最初の質問で激しく動揺したガセミが、それを聞いて完全にくじけた。椅子にもたれて大きく息を吐き、ぐったりした。

「将軍？」ジャニュアリーがそっと促した。

ガセミがジャニュアリーに目を向けて、援けか慰めのような優しい気持ちを求めるように見つめた。「娘だ」ガセミが答え、ゆっくりと息を吸った。「やつらは娘を捕えている。監房に入れて……そこで……」

ガセミの言葉がとぎれ、部屋のなかは静まり返ったが、それは一瞬のことだった。

「将軍はあの動画を見たんですね」キムが、にわかに気づいてそういった。

「もういい」ハワードが不愉快そうにいった。進み出て、ジャニュアリーの横で立ちどまった。「これはなんだ？　真意がわからん」

「真意は、二十世紀のイスラム教とキリスト教について、イェール大学のバニー・エッテマード教授が書いていることです」ジャニュアリーは答えた。

「それではわからん」ハワードが、いらだたしげにいった。

「教授の論文は、当初、信用されませんでした。革命の指導者たちは神権主義者であるとともに実利を重んじていたと唱えたからです」ジャニュアリーはいった。「その後、教授の説が正しかったことが証明されました。皇帝は、イスラム革命家に転向するおそれのないキリスト教徒多数を身辺警護に徴募しました。革命後、神権主義者たちは信仰の純粋さを求めるいっぽうで、戦術的利点も必要としていました。将軍には幼い娘がいたので、逃げようとしなかった。これで合っていますか？」

ガセミが、ぎくしゃくと一度うなずいた。

「革命家たちは、何十年ものあいだ、将軍のように国内に残ったひとびとを監視していました」ジャニュアリーが、話をつづけた。「もちろん、彼らは気づいていませんでした。軍人は昇級したし、ガセミ将軍の場合は、上層部の宗教指導者たちとも親しくなりました。アメリカの利益を害しようとするイランの宗教指導者たちのだれが穏健派になりうるかということや、それぞれの指導者の予定や個人的な習癖を知悉(ちしつ)しているガセミ将軍は、亡命を演出するのにうってつけの候補になっていました。わたしたちに作り話を信じ込ませるために、こういうときまで彼らは将軍を温存していたのです。サダム・フセインもおなじ戦術で、イランに諜報員を潜入させていました。スンニ派の側近のなかでシーア派がのしあがるのを黙認し、家族を人質にとって、任務をあたえ、イランへ送り込んだのです。イランのＳＡＶＡＭＡ（イラン情報・国家保安庁）とその後身のＶＡＪＡ（イラン・イスラム共和国情報省。省に昇格した）も、バグダッドに対しておなじことをやりました」

「これはすべて真実か？　きみはスパイか？」ハワードが、語気鋭くガセミにきいた。

「その女性にはわかっている」ガセミは、ジャニュアリーのほうを見ながら答えた。

「くそ、これは記録する必要がある」ハワードがそういって、ビデオカメラの電源を入れた。

「ハワード補佐官」ジャニュアリーがいった。「将軍はＩＮＲに引き渡され――」

「大統領に一本電話をかければ、そんなことは一分で変えられる」ハワードがいった。

　不満をあらわにしてハワードをちらりと見てから、ジャニュアリーはカメラをさえぎる位置に立ち、ガセミに向かっていった。「だいじょうぶですか？」

「ああ」ガセミがいった。「わたしは選択し、あなたがたはいま真実を知った……真実だと保証する」

「ありがとうございます」ジャニュアリーはそういって離れた。

「ここからはわたしが引き継ぐ、ミズ・ダウ」ハワードがいった。「将軍、きみはいまダウ副局長とここにいるわれわれに、最初の申し立てとは正反対のことを知らせた。これは亡命ではなく、きみはイラン情報省によって送り込まれた」

「そうだ」

「この作戦を指揮しているのはだれだ？」

　質問ではなく抗議のように聞こえた。ハワードは即動可能情報を求めてここに来た。亡命のはずが突然、スパイの潜入失敗に変わり、その狙いがついえた。手ぶらで帰るわけにはいかない。ウィリアムズはハワードの弱い者いじめ戦術には賛成できなかったが、口惜しいのは納得できた。

「わたしを送り込んだのは、イラン・イスラム共和国情報省(ヴェイザラートエ・エッテラーアト・ジョムフーリエ・エスラミーエ・イラーン)特別法廷のアリ・ヨウネシー検察官だ」

「いわゆるＶＡＪＡ――情報省だな」ハワードがいった。

「そうだ」

「きみの任務は？」

「亡命者として受け入れられ、政府の顧問になることだ」ガセミは答えた。「わたしの信頼性を高めようとして――娘、パランドの動画――がそちらに渡されているはずだ」

「わたしが正しく理解しているかどうか、たしかめさせてくれ」ハワードはいった。「彼らはきみに亡命を演じさせるために、彼女を捕らえ――」

「キリスト教徒の女性は、きわめて……厳しい扱いを受ける」ハワードが水を向けた。

「わたしたち、わかっています」ジャニュアリーがいった。

ハワードは、眉根(まゆね)を寄せた。「ああ、わかっているが、ひとつ問題がある。きみの上官はきみの娘を牢獄(ろうごく)に入れた。動画を撮影し、きみに見せて、こっちへ来ることを強要した。わたしたちに動画を見せるのは、きみが本物の亡命者だと信じさせるためだといったな？　きみがそういう犠牲を払ったから信用されるというわけか？」

「ヨウネシー検察官の魂胆がどうだったのか、わたしにはなんともいえない」ガセミが答えた。「わたしがここに座るようになった顚末を話しているだけだ」

「情報をその男に届ける手順を説明できるか？」ハワードはきいた。

「タイムスタンプ付きの娘の画像を送ってくることになっている」ガセミが答えた。

「そのタイムスタンプが、大使館のだれかと会う日時だ」

「場所は？」ハワードはきいた。

「知らない」ガセミが答えた。「娘がわたしに送ることを許可されたメッセージに埋め込まれるのだろう」つぎの質問を、ガセミは予想していた。「単語の綴り変えで、場所がわかるようになっているはずだ」

　第二次世界大戦中にドイツが使った暗号を復活させたものだ。隠された音声やデータストリームを探す高度な暗号解読システムでは、かえってそれを見過ごす可能性が高い。

「わたしたちになにをしてもらいたいと思っているのかな？」ウィリアムズはきいた。

　なすすべがないというように、ガセミが両手を挙げて、希望を失った目つきでウィリアムズたちのほうを見た。「あの残忍なやつらの手伝いはできない」ガセミはいった。「しかし、わたしは送り返されたら処刑されるだろうし、娘は監獄で死ぬだろう。自分のことはどうでもいいが――」

最後までいわなかった。いうまでもなかった。

「検察官が接触してきたのはいつですか？」ウィリアムズはきいた。

「五日前だ」ガセミが答えた。

「作戦をやるのにじゅうぶんな時間ではない」ハワードがいった。

「じっくり考える時間もなかった」ジャニュアリーが、ハワードのために指摘した。

「気が進まないプレイヤーをフィールドに出すための心理作戦ですよ」

「ああ、ありがとう」ハワードが本気でそう答えた。

「ミズ・ダウのいうとおりだ」ガセミがいった。「考える時間がなかった」

「これが提案されたとき、どこにいましたか？」ウィリアムズはなおも質問した。

「イラクのバダナ・ピチウクという村だ」ガセミがいった。

「専門家会議が、そこにどんな用事があったのですか？」ウィリアムズはきいた。

ガセミが苦笑した。「よりによってわたしは、クルド人と戦うためにアデンからやってきたフーシ（シーア派に加担するイエメンの武装組織）の小部隊の信仰を見定めるために派遣されたのだ」

「イエメン各地でフーシにあなたの国が提供してきた戦術・経済支援の延長ですね」

ウィリアムズはいった。

「そのとおり」ガセミはいった。「専門家会議は、たとえイスラム教徒でも、シーア派のために献身しない勢力は支援しない」

「異常だな」ハワードがつぶやいた。

ジャニュアリーが、ハワードをじろりと睨んだ。「わたしたちの仲間同士の争いとどうちがうんですか？」ときいた。「たとえば、ここでわたしたちが代表しているそれぞれの組織も」

「人殺しはしない」ハワードが答えた。

「ここでするような話ではないでしょう」将軍のほうを目顔で示して、キムが口を挟んだ。

ジャニュアリーが牙を剝いたことに、ウィリアムズは驚かなかった。政府の上級職の若い世代は、仕事場に闘争を持ち込み、あらたな地位を得れば、それを反撃の土台に使う。あいにく、ジャニュアリーのいうとおりだった。流血には至らないものの、世代、ジェンダー、人種のあいだの反目は、まさにガセミが述べたような紛争を引き起こしている。それも、ウィリアムズが情報機関の長を引き受けた理由のひとつだった。アイデンティティ政治（ジェンダー、人種、民族、性的指向、障害など特定のマイノリティ集団の利益をはかろうとする政治活動）には興味がない。

ウィリアムズは成果を重んじる人間だった。大統領が彼に求めているのはそれがすべてだった。

ジャニュアリーとハワードは、緊張した沈黙をつづけていた。ウィリアムズは、ふたりのやり合いに乗じて、ガセミを観察していた。

「イラクには前にも行ったことがあるんですね？」ウィリアムズはきいた。

「何回か」ガセミが認めた。また悲しげな笑みを浮かべた。「危険があるときに、テヘランはキリスト教徒の将校を平気で送り込む」

「南北戦争でも、黒人がそうされた」ジャニュアリーがつけくわえた。

「帝政ロシアではユダヤ人だった」ウィリアムズは指摘した。「ゆっくりと燃えるジェノサイドと、わたしたちは呼んでいる。将軍、このあらたな任務の通知を届けたのは、だれでしたか？」

「ヘイダル・ナジャファバディー軍団将軍の副官に、ケルマンシャーの前方野営地に呼び出された」ガセミが答えた。「そこから、飛行機でテヘランへ運ばれた」

「大使館できみがいった作り話はどうなんだ？」ハワードがきいた。「すこしは事実もあるのか？」

ウィリアムズが読んだ調書によれば、ガセミはバグダッドのアメリカ大使館に現われ、ISISと協力しているイラン人顧問の話を聞くためにイラクに来たと、情報担当官に告げたという。そのイラン人の名前、居場所、特徴をガセミは教えたが、まだ確認されていない。

「わたしがいくつか教えた名前と場所は正確だ」ガセミがいった。

「そうでなくては困る」キムが指摘した。「生贄の羊だから」

「しかし、狼ではなく羊にはちがいない」ハワードがいった。「重要な人間をわれわれに引き渡すはずがない」

「わたしたちのお客とは関係がない」ジャニュアリーがいった。

ハワードのいつものしかめ面が、いっそう険しくなった。ジャニュアリーのほうを見た。この行き詰まり――と彼女のこと――が気に入らないのは明らかだった。

「この線の質問は使い果たしたようね」ジャニュアリーがきっぱりといった。男三人のほうを向いた。「休憩しましょう」

「いいだろう」不服そうに、ハワードがいった。

ジャニュアリーが向きを変えて、ガセミに笑みを向けた。「ここにいてください。なにがあっても、わたしは戻ってきます」

ガセミがうなずいたが、返事はしなかった。警衛を残して、四人はぞろぞろと出ていった。ドアが固く閉ざされると、四人は廊下の隅に集まった。

「まったく、ひどいな」ハワードが、状況全体を指してそういった。ジャニュアリーのほうを向いた。「こういうことをいつから疑っていたんだ？　さっきいった教授の論文は関係ないんだろう――」

「関係ありません」ジャニュアリーはいった。「ガセミ将軍は、シーア派だとわたしたちに思わせるために、礼拝用絨毯を大使館から持ってきました。あなたがたが来る前に見ると、何時間も前に将軍が置いたままの場所に、絨毯がありました」

「七時間前からいたが、夜明けの礼拝（サラート）をやらなかった」ウィリアムズはいった。

「そうなんです」ジャニュアリーはいった。

「つまり、われわれは腸チフスのメアリー（発症しない健康保菌者として感染をひろげ、一九〇〇年代初頭にニューヨーク周辺で散発した腸チフスの原因となった）を抱え込んだわけだ」ハワードが、古臭い婉曲表現を口にした。「やつに情報をなにも渡さなかったら、娘が殺される。ほんものの情報をやつに渡して、それがテヘランに伝えられたら、こっちの人間が死ぬ」

「まだ決めつけるのは早いですよ」ウィリアムズはいった。

「そうかな？」

「ひとつには」ウィリアムズはいった。「彼がいったことはすべて、わたしたちに証明できないことに左右される」

「それはなんだ？」

「キリスト教徒だという話ですよ」ウィリアムズは、ジャニュアリーに探るような目を向けた。「礼拝用絨毯の件は興味深いが、状況証拠だ」

「それよりも強力な証拠があると思います」ジャニュアリーが答えた。「彼の娘。鞭打ちが本物だし、過酷だった。鞭をふるっている男を見ましたか？　効果を狙って鞭打っているのではなかった。自分より弱いものを付け狙う――文字どおり付け狙って徘徊する――イスラム法に従順な男すべてとおなじだった。将軍はそれを知っている。将軍は大昔からある考えかたと格闘していた――自分の信仰のためにほかのキリスト教徒が死んでもいいだろうかと考えていたのよ」

数秒のあいだ、だれも口をきかなかった。沈黙を破ったのは、ハワードだった。

「それもなんの役にも立たない」ハワードがいった。

「そうではないと思う」ウィリアムズが応じた。

ハワードが、またしてもすがるような感じでウィリアムズのほうを向いた。「そうか。大統領に、なにが手にはいったといえばいい？」

「キリスト教徒かどうかはさておき」ウィリアムズはいた。「この亡命は無から生まれたのではない。とにかくテヘランの細工でした。たぶん、将軍がいったアリ・ヨウネシーという人物が考え付いたのでしょう。それに、現時点では、将軍の話はほとんど信じる気になれない」

「どうして?」ジャニュアリーがきいた。

ウィリアムズは答えた。「ガセミは行ったという場所に行っていないと思うからだ」

9

ロシア、チュチク自治管区
アナドゥイリ
七月二日、午前六時

腹立たしいうえに、感覚的に受け入れがたかった。コンスタンティン・ボリシャコフは、年をとるにつれて、睡眠があまり必要ではなくなっていた。まあ、どうせあまり眠れなくなっている、ボリシャコフはうんざりしながらそう思った。

前の日に長旅をしたので、ほんとうは睡眠が必要だとわかっていた。しかし、陽が昇ると体が目醒めてしまい、狭いベッドからゆっくりと出て、あらたな一日の活動をはじめた。

　ボリシャコフは、厚いフリースのバスローブとスリッパをスーツケースから出して、狭いバスルームへ行った。顔を洗い、手ですくった水で唇を湿らせた。水の懐かしい味とにおいに、笑みを浮かべた。モスクワなどのロシアの大都市では味わえない、鉱物が含まれている水で、その記憶が気分を軽く、若くした。もしもヴァルヴァラがここにいて、いっしょに味わったら、そのことでふたりして笑ったはずだ――。

　やめろ。

　自分の人生に〝もしも〟を持ち込んだら、ひどい悪影響をもたらす憂鬱（ゆううつ）に引き戻される。だから、過去をふたたび味わうだけで我慢した。

　朝の習慣を終えると、ボリシャコフは寝室に戻り、荷物をほどいた。電気ヒーターは、暖房（ヒーター）とは名ばかりだった。部屋の温度は氷点よりわずかに高いだけだった。ここでは、商業施設も住宅も、暖めてもらうのは太陽に依存している……あと一時間か二時間で暖まるだろう。ボリシャコフは、両手に息を吹きかけて暖めた――何度となくやってきたように――それから、ひとつしかない化粧箪笥の引き出しに、服を丁寧に入れた。

　気づいたときには手をとめて、小さな引き出しのなかを見つめていた。昔はそこに拳銃（けんじゅう）のうちの一挺（ちょう）を入れていた。つねに実弾を込めて。ナイトスタンドの引き出しにも入れて、バスルームにもタオルを巻いて置いていたはずだ。

「昔は……」ボリシャコフはつぶやいた。

その言葉が記憶のなかに浮かび、マグニトゴルスクの小さな農場で父親が生姜のような節くれだった力強い指で卵を集めるときに、よく口ずさんだ歌のうちの一曲の歌詞を思い出した。大人になってからは考えたこともなかったし、一行しか思い出せない。「昔、鶏を飼っていた男がいて、卵と蠟燭を取り換えて、毎晩腹ペコだったけど、暗くはなかったよ。光はありがたい！」

そのころは、その昔の歌の意味がわからなかった。何事も妥協で、あっちを取れば、こっちを失うという意味だった。

自分がこれからなにをやらなければならないかを思い出し、不意に目的意識を感じて、ボリシャコフは引き出しを閉めた。自分が行きたくないところへ誘おうとしていた追憶も締め出した。過去にはあちこちに瘤だらけの根っこが潜んでいて、つまずいてばったり倒れ、憂鬱の底に落ちていきかねない。

「おまえはアナドゥイリにいる」ボリシャコフは、自分にいい聞かせた。「ここではいいことだけが起きた。これからもいいことだけが起きる」

クロゼットへ行き、コートの裏のキルトを指でなぞった。まだ汗で濡れていて、眠っていたあいだにそれが冷えていた。どうでもいい。化粧簞笥の前に戻ったボリシャコフは、黒いセーターを着込んで、その上にコートを着た。つぎは防寒靴、ウシャーンカ（耳当て付きの毛皮防寒帽）、口もとを覆うマフラー、サングラス——風だけではなくぎらつく太陽から目を守ってくれる——最後が手袋だった。鍵（かぎ）は手袋の内側に入れた。なくしてはならない大事な鍵を持っているときは、ずっとそうしてきた。左手首にくくり付けた革紐（かわひも）に通した銀色の鍵を、軍用の戦術革手袋に押し込んだ。

ボリシャコフは、静かなロビーを横切り、ゴムのフラップが極端な寒さのために固くなっている回転ドアを抜けた。ホテルのすぐ外のオトケ通りに出た。

耳当てをおろしているので、表の音はほとんど聞こえず、自分の鼓動だけが増幅されていた。マフラーの下から暖かい息が漏れて、サングラスが曇った。それを予測していなかった。かつて着用していたゴーグルは、曇ることがなかった。ボリシャコフはサングラスをはずし、ポケットに入れた。

ほとんど白に近い北東の太陽が、なかば露出している顔に当たったとき、年齢と疲労が体から離れていくような心地がした。よろこびがこみあげたが、皮膚が凍ってしまうので泣かないようにしろと、自分を戒めた。

六十年もたっているはずはない。すべてがなじみ深い感じだ。

手袋をはめた指をマフラーにひっかけて、鼻の下まで下げた。冷たく、爽やかで、かすかに潮気を含んでいる海のにおいがした。町は三方を海に囲まれていて、ボリシャコフが立っているところから数分歩けば海岸に出られる。木造の聖三位一体大聖堂を除けば、たいがいの建物は二階か三階建てだった。太陽が高くなると、あちこちの赤か青の屋根や、グリーンか黄色の壁に鋭く反射した。荒涼とした風景のなかで、色があるのはそういう建物だけだった。ボリシャコフがはじめてここに来たのは十月で、港が近代化された直後だった。当時は大がかりな建設がはじまったばかりだったが、集落のそのほかの部分は、棚ざらしの商品のようにさえなかった。低い白い建物数棟、葉が落ちた樹木数本、ひどく錆(さ)びている戦時中の型のトラック数台。魚のにおいだけはふんだんに漂っていた。いまでは現代的な処理方法によって、そのにおいはほとんど消滅している。

もっとも、ボリシャコフは最初のころは、休暇中を除けばあまりここには来なかった。海軍大尉だったころ、ボリシャコフはここの南東のベーリング海を見おろす絶壁にいることが多かった。ヴァルヴァラと会ってからはそうではなくなったが、そのときには任務も変わり……人生も変わっていた。

ボリシャコフは、目を細めてひと気のない通りに視線を走らせていたが、心のなかでは、十数年のあいだ住処(すみか)だった断崖(だんがい)の上から海を見つめていた。

アメリカに小便をかけられるくらい近い、提督はよくそういっていた。

ボリシャコフはその場所が懐かしく、激烈な確信と愛国心と信義を抱いていたドミートリー・メルカーソフ提督が懐かしかった。冒険の要素が大きく、責任がかぎられていた当時が、懐かしくてたまらなかった。重大な決定を下すのは他人だった。ボリシャコフはただそれを実行すればよかった。

寒さに身ぶるいすることには慣れていて、なぜか安心できるが、ボリシャコフは冷たい鼻の上にマフラーを引きあげ、二車線の道路を町の中心部に向けてのろのろと歩きはじめた。歩きながら前方を見て、意識が過去に戻ろうとするのを抑えつけた。

人は変わる、と思った。人は忘れる。

二日前にユーリーから電話がかかってきて、生まれた町で会いたいといわれたとき、ボリシャコフは自分の耳を疑った。ユーリーが陸軍にはいったときから、ふたりは仲たがいしていた。ボリシャコフは、報復されないように財産の大部分を以前の競争相手やいまの敵に譲って、無事に商売から足を洗った。それが掟だった。武器密売業者が高齢になるまで生き延びることはめったにないが、ボリシャコフは代償を払って隠(いん)遁(とん)を許された。中南米の麻薬密売業者とはかかわっていなかったので、外国政府機関に拉致(らち)されたり説得されたりして、保護の見返りに証拠をよこせと要求されるおそれもない。ボリシャコフは、一九九〇年代に全長九〇メートルのF(フォックストロット)型潜水艦を買ってコロンビアからの麻薬密輸に使おうとした、悪名高い〝ターザン〟・ファインバーグとはちがう。ボリシャコフは、大量のソ連製兵器を市販品に変える仲買人をつとめていただけだった。

それでなにが手にはいった？　ボリシャコフは自問した。予定どおりにはいかなかった。モスクワ郊外にちっぽけなダーチャがある。ひと部屋だけの丸太小屋で、狭い敷地で夏には園芸をやり、冬にはチェスの勉強をする。やもめのわびしい暮らしだ。おまえの仕事は、おまえがほしかった唯一のもの、農場で暮らしていたときのような仲がいい情愛深い家族を奪った。海軍にはいったとき、家族はどんなに悲しかっただろうと思い、かすかな笑みを浮かべた。しかし、誇りにも思ったはずだ――。

ふるえを帯びた溜息(ためいき)をつき、ボリシャコフは歩くのをやめた。未来のことを考えるたびに過去に戻ってしまうのは、どういうわけだ？

ボリシャコフは、デジニョフ通りの角、ロシア銀行の新しい小さな建物の外にいた。北に目を向けた。長い直線道路のつきあたりに、レーニン通りがある。そこに昔は共同住宅があって、ボリシャコフが地下掩蔽壕(えんぺいごう)に勤務しているあいだ、妻と息子がそこで暮らしていた。隙間風のはいる木造の共同住宅は、とっくになくなっているだろうが、そこから見極めることはできなかった。

寒くて歩いていられなかったので、そこへ行くのは息子が来てからにしようと思った。いっしょに歩いていけばいい。

太陽がかすかに高くなっていた。寒い日蔭がすこし縮まり、ホテルに戻るとき、太陽が当たっている地面はほんのすこし暖まっていた。といっても比較の問題で、いまでも氷点下一五度よりも低い。ボリシャコフの頬は、いまなおもっとも信頼できる温度計だった。

朝食をとり、すこし眠って、ロビーにある新聞でも読もう。その三つをやる時間はある。やがて、ユーリーが再会のためにやってくる。もっとも、ユーリーはその言葉を使わなかった。

ボリシャコフは、なんらかの異変が――取引、人間、状況に――あるときには、察することができる老獪な男だった。海でそういう直観を鍛え、アナドゥイリで洗練させ、武器売買で磨き込んだ。ロビーにふたたびはいったときにさむけを感じたのは、答を出すことはおろか、ずっと避けていた疑問から、にわかにある予感が生じたからだった。

そうとしか考えられない。

10

ヴァージニア州スプリングフィールド
フォート・ベルヴォア・ノース
オプ・センター本部
七月一日、午前十二時十分

テイクアウトの食事は、危機のにおいがする。

ワシントンＤＣには、政府が世界的な緊急事態に対処しているときには、大量の食事を注文してはいけないという、暗黙のルールがある。ピザを十数枚買ったり、中華料理店からワゴンにいっぱいの料理を取り寄せたり、チーム全員の分のハンバーガーを買ったりしてはいけない。敵の諜報員は人気のある店を頻繁に監視していて、デリバリーの量と届け先から、晩くまで働いているのが何者かを突き止める。国土安全保障省か国防総省か海外の部隊司令部にデリバリーされたときは、国内でのテロ攻撃が差し迫っているか、海外の攻撃目標への軍事作戦が行なわれる可能性があるらしいとわかる。そういう情報があれば、国内のテロリストは予定を早めるか、散り散りになって逃げる時間が持てる。

オプ・センターに戻ったウィリアムズは、ずっと危機の態勢をとっているように感じていた。わかっているかぎりでは、緊急の作戦開始を促すようなものはなにもないし、即動を求めるような脅威をだれも発生させていない。だが、クアンティコでの話し合いでは重大なことが見落とされていたという感じがつきまとい、それをふり払うことができなかった。

ウィリアムズは、アン、ポール・バンコール、キャスリーン・ヘイズ、ロジャー・マコード情報部長を自分のオフィスに呼んで、基地の〈タコ・ハット〉にランチを注文した。ウィリアムズはデスクに向かって座り、あとの四人はコーヒーテーブルのいっぽうにならんだ。食事をするあいだに、ウィリアムズはガセミの事情聴取の動画を、壁に取り付けてある4Kラージフォーマットのディスプレイで再生した。アンはそれを見るのがはじめてなので、ウィリアムズはそっと反応を見守った。それが終わると、監獄の動画をウィリアムズは再生した。アンとバンコールは、顔をそむけた。そのあとでウィリアムズは、四人が動画では見られなかったことを説明した。

「つまり」ウィリアムズはいった。「現時点では、可能性はあるがかなり不完全な想定がいくつかあるだけだ。一、ガセミは、彼が主張しているように、ある任務を行なうためにこっちへ来た亡命者で、その芝居をつづけたいと思っている。わたしたちは彼をなんらかの地位の顧問にして、クズ情報をあたえ、それを使ってガセミが娘を解放させる。情報が事実だと確認されれば、娘は生き延びられるだろう。二、ガセミはキリスト教徒で、もっと重大な葛藤がある。信仰と娘のどちらを選ぶかで悩んでいる。アメリカにいさせれば、イランの抑圧されているキリスト教徒の代弁者になるかもしれない……わたしにはなんともいえないし、わたしたちには無関係だ。三つ目は、わたしが懸念していることだ。ガセミは善人を装っている嘘つきで、目的がまだわかっていない任務を帯びている」その推論が理解されるように間を置いてから、ウィリアムズはつづけた。「これらの答を考える前に、この男とその話をどう解釈するかをききたい」

つづいてウィリアムズは、チームのそれぞれの反応を求めた。まず、動画アナリストのキャスリーンを促した。

「プロファイリングのチェックリストは、あまり役に立ちません」キャスリーンがいった。「ガセミ将軍は、ここ数日、ほとんど睡眠をとっていないので、すべての反応において、言葉数がすくなく、体の動きが鈍くなっています。ダウ副局長の最初の質問に対する反応が、もっとも敏感な反応だったようですが、記録がありません。でも、あったとしても、体温が上昇しただけでは、なにも決定的なことはわかりません。こういう状況に置かれれば、血圧があがるものなので、それが罪の意識によるものだとは断定できません。そのほかのデータは、疲れて、ひどく用心深く、口が堅くなっている人間が質問されている状況と一致しています。チック症状や仕草はなく、身を護るように腕組みしてもいない。鼻腔もひらいていないので、パニックや過呼吸は起こしていません。ただ疲れているか、演技力がまったくないか、あるいはその両方でしょう」

「何度も娘の話をすることは、積極的な反応か、とにかく突発的な反応ではないだろうか?」ウィリアムズはきいた。

「自分の娘が捕虜になっているのを、すでに知っていたので――」

「人質だ」マコードが、鋭い口調でさえぎった。

こういう幹部会議に参加するのに慣れていなかったキャスリーンが、口を閉じた。ウィリアムズが、マコードに渋い顔を向けた。

「ミズ・ヘイズは自分の言葉を使う」ウィリアムズは注意した。

四十二歳の元海兵隊員のマコードが、キャスリーンに敬意を表するようにうなずいた。ウィリアムズは、マコードの反応に驚きはしなかった。マコードはイラクで中隊長をつとめて、多くの兵士が心的障害後ストレス症候群を起こすような残虐行為を見てきた。もっときつい率直な言葉を使ったとしても、気持ちを抑えているほうだろう。しかし、キャスリーンは一般市民だ。ウィリアムズはオプ・センターでさまざまな経験の人材を念入りに混ぜ合わせ、そこからさまざまな観測や選択肢を引き出そうとしていた。

ウィリアムズはキャスリーンを指差し、話をつづけさせた。

「ええ、そういうことです」気を取り直したキャスリーンがつづけた。「わたしたちのアルゴリズムは、普通ではないことをなにも見つけられませんでした」

「彼がいったことや態度……見かけと一致しないことは、なにもないのか?」ウィリアムズは念を押した。

ウィリアムズの質問のしかたは、キャスリーンがなにかを見落としていることをほのめかしていた。キャスリーンは結果をもう一度見た。「ここにはなにもありません」キャスリーンはいった。「説明してくださった最初のパニックの記録がないので、不一致の証拠はありません」

ウィリアムズはキャスリーンに礼をいって、バンコールの意見をきいた。

「わたしもたいして役に立ちそうにありません」国際危機管理官のバンコールがウィリアムズにそういった。「対象がひどい睡眠不足や命を失う不安にさいなまれていなかった最初の訊問に立ち会っていませんし、この動画はそういう状態の典型的な特徴と一致しています。無気力、一本調子、集中できない。その場にいないと、なんともいえません。そこではまったくちがっていたんでしょう、長官？」

「ちがっていた。だが、その話はあとにする」ウィリアムズは、マコードに目を向けた。「ロジャー？」

マコードはいつものように、身長一八八センチのスポーツマンらしい体躯を支えるには柔らかすぎる革の肘掛け椅子に座っていた。そのせいですこし小さくなったように見える。ひょっとしてずっとそれが習性になっているのかもしれない。しばしば敵の銃撃の的になり、戦闘で何度も負傷してきたので、その対策として身を縮めるようになったのだろう。

「おれがなにをいうか、わかっているはずですよ」マコードはウィリアムズにいった。

「とにかくいってみろ」ウィリアムズは促した。

マコードは、両手で膝を叩いて、ウィリアムズの顔を見た。「やつは現役のイラン軍将校だ。信用できない」

ウィリアムズは、感情が現われていなかったアンの顔に非難の色が浮かぶのを見た。アンは、文民の見解の攻撃的な論者だった。ウィリアムズにとっては、オプ・センターの現場作業をじっさいに工夫するよりも、さまざまな派閥の権衡を維持するほうがはるかに難しい。この会議の出席者も、そういう狙いで選んでいた。ウィリアムズは、アンが口をひらくまえにいった。

「額面どおりに解釈しよう。ガセミは亡命を望んだ。それにより、もう将校ではなくなった」

「その要求には、大きな疑問符がつくと思ったんですよ」マコードがいった。

「だからこそ、長官が〝額面どおりに解釈しよう〟といったのよ」アンが指摘した。

「そうかな。特殊作戦コマンドでは、〝一度海兵隊員になったら、ずっと海兵隊員だ〟といったものだ」マコードは、自分の兵種の非公式な隊是を唱えた。「こういう連中についても、〝一度イルグークになったら、ずっとイルグークだ〟と見なすほうが無難だ」

アンはプロフェッショナルなので、腹立ちを抑えたが、マコードがイランの軍人に対する軽蔑的な表現を口にしたことを不愉快に思っているのは明らかだった。イスラム革命防衛隊を略して〝イルグーク〟と呼ぶのは、ベトナム戦争中に共産主義者の兵士を蔑んでベトコンと呼んだことを思い出させる。

緊張した雰囲気が漂った。ウィリアムズは、ランチといっしょに注文したオレンジジュースをひと口呑んだ。「ほかには、ロジャー？」

「だれかを怒らせたようならあやまります」マコードが心からそういった。「しかし、重要なことなので、上品ぶっていられないんです」

アンは、発言を控えて待っていた。

「ロジャーの話が終わったようなら――アン、動画について意見を聞かせてくれないか？」ウィリアムズはいった。

アンが、ソファから身を乗り出した。「わたしの反応はみんなとほぼおなじですが、彼は資産になる可能性があるので、完全かつ客観的な審査をやらずに斥けるべきではないと考えています。将軍がテヘランになにかを伝えるのに賞味期限があるのはわかっていますが、すこしは引き延ばすことができるでしょう――会見を一回か二回やって、具体的な事実ではなく、進捗を報告する。そうすれば、接近してきた意図を見抜く時間の余裕ができますよ」

ウィリアムズは、その意見について考えた。タコスの包装紙をゴミ箱に投げ込んでから、椅子にもたれた。「如才ない外交官にはなりたくないが」笑みを浮かべた。「ロジャーの意見に賛成だし、アンの意見にも賛成だ」

賭けたら勝っていたというように、バンコールが口をゆがめて笑みを浮かべたことに、ウィリアムズは気づいた。ある程度、予想されていた結果ではあった。ウィリアムズは自由に発言するよう部下たちを促し、おたがいと自分の意見に反論を述べさせたが、ほんとうはそんな余裕はなかった。どんな集団の指導者でも、すべての方面からの助言を聞く義務がある。そうでなかったら、チームを持つことには、〝責任を転嫁する〟ほかになんの意味もないと、ブライアン・ドーソン作戦部長がいったことがある。

「ガセミを偽物だとして斥けるつもりはない」ウィリアムズは説明した。「しかし、ロジャー――きみはバダナ・ピチウクにいたことがあるだろう」

「通っただけです」急に元気になったマコードがいった。

「遮るもののない地形で、この時期は風が強く、日射しが熱いはずだな」

「ひどい砂漠ですよ。大部分が」マコードが同意した。

ウィリアムズは、リモコンをディスプレイに向けて再生ボタンと消音ボタンを押した。動画がまた再生されはじめた。「あの男の皮膚は、長期にわたって厳しい環境にさらされていないか、まったくさらされていない」

全員が目を向けた。アンは身じろぎもせず、マコードはすこし腰を浮かしているように見えた。キャスリーンは、肌の色をどうして見落としたのだろうと思いながら、タブレットにかがみ込んだ。

「アルゴリズムがやるよう教え込まれていないことが、いくつかある」ウィリアムズは、キャスリーンに向かっていった。イラン軍でもイラク軍でも、将校は戦場では口をスカーフで覆わない。部下にしょっちゅう指示を出さなければならないし、多くが傭兵(ようへい)なので具体的な細かい指示が必要だからだ。現地へ行ったのなら、ガセミは首すじから髪の生え際まで真っ赤に日焼けしたはずだ。そうなっていない」

「プログラムにそれを書き込みます」キャスリーンが答えた。謝っているようだった。

マコードが鼻を鳴らしかけてやめたが、ウィリアムズはそれに気づいた。マコードにも彼なりの〝アルゴリズム〟がある。じっくり理解する時間があるときに聞きたいものだと、ウィリアムズは思った。

「ガセミが夜にそこに行ったのではないと、どうしてわかるんですか?」アンが質問した。

「ありえないね」ウィリアムズは、キャスリーンのために答えた。「イラクへ行った目的はフーシの戦士と話をすることだと、ガセミはいった。この戦士たちは、イスラム帝国を打ち立てるという大がかりな戦争に参加した二〇一五年以降、つねに闇のなかで出撃している。彼らは戦闘ではなく待ち伏せ攻撃に慣れているゲリラ戦士だ」

「イエメンでもそうだった」マコードがいった。「攻撃目標（ターゲット）を選び、破壊し、闇にまぎれて逃げる」

「そのとおり」ウィリアムズはいった。「だから、ガセミとは昼間に会うはずだ。装甲車からテントにはいれば、ガセミは日射しや吹き付ける風を受けずにすむが、フーシはわれわれのドローンを恐れているから、テントにははいらない。空爆を気にしているから、エンジン音が聞こえて、身を隠せる場所を好む」

「ＩＲＧＣ（アイ・アール・ジー・シー）（イスラム革命防衛隊）が」アンが、文字をひとつずつ唱えていった。「そこまで迂闊（うかつ）だというのは珍しいわ。長官がいったようなことを、どうしてすべて見落としたのかしら？」

「アンのいうとおりですよ」バンコールがいった。「ガセミを送り込む前に、革命防衛隊はそういうことをすべて計算に入れていたはずだ。彼に太陽灯を一時間浴びせれば、検閲（けんえつ）に合格したはずなのに」

「ヨウネシー検察官は、組織に無断で作戦を行なっているのかもしれない」マコードが意見をいった。

「すべてありうることだ」ウィリアムズはいった。「それを集約すると、テヘランの何者かが時間を稼ぐのにガセミを使っているということになる」

「われわれがこれで手いっぱいになっているあいだに、なにかが炎上する」マコードがそういってから、ウィリアムズのほうを見た。「憶えがあるでしょう?」

ウィリアムズはうなずいた。アンが怪訝な目つきで見た。

「一九六二年の秋に、わたしたちが亡命者だと信じたロシア人がいた。名前はシュクル・クズミン博士」ウィリアムズはいった。「ロケット科学者で、モスクワがキューバに配置したR‐14中距離弾道ミサイルの開発にくわわっていた。アメリカに来たあと、喉を切り裂かれてポトマック川に浮かんでいるのを発見されたので、亡命するためにアメリカに来たのだろうと判断するしかなかった」

「ソ連は彼を連れ戻せばよかったんじゃないの?」アンが質問した。

「検視の結果、クズミンは結腸ガンにかかっていた」ウィリアムズはいった。

「良心をかきたてる強い要因だ」マコードがつけくわえた。

「わたしたちを混乱させるために犠牲にされたのだと、CIAは判断した」ウィリアムズはつづけた。「〝シュクル・パンチを食らった〟という表現が生まれた。これはいい教訓になった。わたしたちは手がかりを追うために、諜報員数十人とたいへんな労力を注ぎ込み、アナリスト百人がドイツ、トルコ、NATO基地の地図に同心円を描き込み、攻撃目標になりそうな場所を探した。キューバのミサイルがアメリカを狙っている可能性を、だれも真剣に探ろうとはしなかった。〝ソ連はそこまではやらないだろう〟というのが、おおかたの意見だった」

「でもやった」アンが、考え込むようすでいった。

「やつらは大胆だったし、かなり先行していた」マコードがいった。

「それでガセミの問題に戻る」ウィリアムズはいった。「彼を審査するあいだ、わたしたちがボールから目を離すよう仕向けるのが、彼の仕事かもしれないと、わたしは懸念している」チームに目を向けた。「ロジャーの路線をたどりたくはない——いまのところは——しかし、そのボールを見つけてほしい」

11

イラン、テヘラン
情報省
七月一日、午後八時五十分

アリ・ヨウネシー検察官は、けっして辛抱強い人間ではなかった。それでも、数年どころではなく、長い歳月、待っていた。

ホメイニ師がフランスから帰国して政権を奪取したとき、ヨウネシーはハガーニ神学校（ハガーニは〝正直な〟、〝真実の〟という意味）の若い学生だった。ヨウネシーをはじめとする神学生たちが祈っていた日が訪れたのだ。彼らはさっそく、神学校があるシーア派の聖地ゴムから一二五キロメートル離れたテヘランへ車で行って、大規模礼拝と、新生イラン共和国の設立を祝う行事に参加した。偉大な神権政治は、いつの日か世界中をその光明で照らすはずだった。神学生たちはそう確信していた。ガージャール朝につづいてパフラヴィー朝の初代皇帝の治世にかけて数世紀のあいだ敬虔（けいけん）なシーア派が示したような忍耐強さで、彼らはパフラヴィー二世の支配下でも地下活動を行ない……じっと待った。一般の信者と世俗的なイラン人のあいだに亀裂（きれつ）が生じ、皇帝の秘密警察が行き過ぎた残虐行為に及ぶと、一九七八年九月の黒い金曜日と呼ばれる日に、国民の一〇％が皇帝に反対してデモを行ない、挑発された軍がデモ参加者に向けて発砲した。

長いあいだ権力が手にはいるのを待っていた時期は終わった。権力を握ると、つぎの待機が……やはり周到な計画に従って開始された。個人の一生のあいだに目標を達成することが重要なのではなかった。重要なのは日々、信仰に仕えることだった。個人的な欲求に気を取られずにそれをやっていれば、一日一日が訪れるのとおなじくらい確実に、ふたたび目標が達成されるはずだった。

五十七歳のヨウネシーは、テヘラン第一三区ダマヴァンド通りにある情報省のオフィスにいた。いつもとおなじように骨の折れる一日で、事件や決定事項が山ほどあった。アッラーの判断基準では物事は単純だが、国内問題と国際問題に関するヨウネシーの決定の影響は、そう単純に抑制できるものではなかった。特別聖職者裁判所の一員のヨウネシーは、罪があれば暴いて罰するために、イランの聖職者の監督と調査を行なっている。非シーア派や正統的信仰に忠実ではない重要人物を監視し、真の信仰に尽くすよう説得する役目も担っている。従わなければ処刑されるか投獄されるので、ほとんどの人間が従う。しかし、その一件一件に、複雑な政治問題の特性がある。政府、報道機関、金融機関、インターネット、その他の必要不可欠な機関にも、少数の穏健派の意見が残っているので、はなはだしく厄介だった。

ヨウネシーは、日没後にここにいるのが好きだった。道路の騒音が弱まり、建物内の活動も静かになって、古代ペルシアの息吹が近しく感じられる。決められた時刻に祈るのは、アッラーを崇拝する手段だった。考えにふけるのは、敬虔な信者がアッラーの配剤における自分の立場を理解するための方法だった。そのふたつが交差するところが、ヨウネシーとその仲間の道だった。

〝不信心者に神の呪いあれ〟。

〝われらを不信心者に勝たせたまえ〟。

アッラーは予定を組まないが、どのような目的であろうと、ただ成し遂げるよう命じる。大臣、委員会、聖職者たちもおなじで、期限は切らない。神聖な目標がたったひとつあるだけだ。

隅々まで装飾がほどこされたマホガニーのデスクの、磨き込まれて整頓(せいとん)されている表面で、スマートフォンが着信音を発した。ヨウネシーは長い指でスマートフォンを引き寄せ、見おろした。仲間がやってくる。ヨウネシーは、建物、フロア、オフィスにはいる許可のメールを書いてから、人差し指で画面をタッチした。指紋認証によって、通らなければならないセキュリティポイント三カ所にメールが送られた。

ヨウネシーは椅子にもたれた。その電子機器を当然ながら嫌悪していたが、おおいに役立つので大目に見ていた。ヨウネシーは博識で創造性がある頭脳の持ち主だったので、たいがいの人間を軽く見ていたが、これから来る物理学者だけはべつだった。それに、革命に四十年のあいだプロフェッショナルとして力を注いできたヨウネシーも、これほど野心的でありながら明快な計画はほとんど見たことがなかった。ヨウネシーの仕事は大部分が、既存の作戦を国内と海外で支援するといったような小規模な管理上の問題だった。今回ははじめて最高指導者のもとに連れていかれて、この仕事に就いてからはじめて、最優先の秘密扱いの任務を命じられた。

そのために、まずイスラム革命防衛隊数個小隊——情報省はその下部機関にあたる——がヨウネシーの直接指揮下に置かれた。気持ちが高揚するというよりは身の縮む思いだった。究極の世界秩序に向けて漸進的に進んでいるのを、一気に加速させる可能性がある方策に参加する機会をあたえられたのだ。

ドアの向こうから、質素な靴をひきずるような足音が聞こえた。小さなノックがあったので、ヨウネシーはスマートフォンのボタンにタッチした。カチリという音がして、ドアが細めにあいた。内側にドアが押されて、スカーフ(ルーサリ)も顔以外の全身を床まで覆っているチャードルも黒一色の、小柄な人物がはいってきた。ヨウネシーは立ちあがった。ただの礼儀からではなく。相手がヨウネシーにひけをとらない熱心な信者だったから敬意を表したのだ。信仰の篤(あつ)さを示しているのは、その服装だけではなかった。

ヨウネシーは、デスクに面した椅子を勧めて、いくぶん不機嫌な顔をした。「医者の指示に従わなかったのか」ヨウネシーはいった。「病院にいろといわれたはずだ」

「病院のベッドに寝ていたほうが、塗り薬や包帯の効き目が早いとはかぎりませんよ」客がいった。「計画の進み具合を知る必要があるので」

ヨウネシーは、軽い失望を感じた。熱心なのはいいが、短気になってはいけない。希望を抱くのはいい。しかし、過度に期待すると野性的になり、人間としての能力が衰える。彼女が質問したがっているのは、最後の勝利を確信している証拠だった。ほんとうに敬虔な信者だけが、そういう確信を持てる。

「庭師がナンバープレートを記録したので、情報機関の人間が何人か訊問に立ち会ったことだけはわかっている」ヨウネシーは答えた。「その連中は、わずか二十五分後に帰っていった。訊問でたいした情報が得られなかったことを示している」

「それはかなり好都合ですね」客がいった。まったく感情のこもらない声で、憎んでいる敵の手に落ちたのが父親だということを認識しているふうはなかった。「つぎになにが起きるか、見当はついていますか？」

「彼らは話をして、相談し、検討するだろう」ヨウネシーは答えた。「行動せず、そうするのが彼らのやりかただ。それからまた訊問して、さらに分析する」

パランド・ガセミの繊細な口もとが、すこしひきつった。傷口を閉じるために、何カ所かかなり痛い縫合をやらなければならなかったことを、ヨウネシーに話していなかった。

「博士？」ヨウネシーが気遣うようにいった。「どこも問題はないんだね？」

「わたしは元気ですよ」パランドは請け合った。「現場チームのほうは？」

「物資が手にはいったら移動する準備ができている」

「諜報員は――？」

「向かっている」ヨウネシーがきっぱりといった。チャードルに覆われているパランドの肩に目を向けた。「医者のところに戻ったほうがいい。わたしの運転手に送らせる」

パランドが、合点のいかない顔をした。

「血だよ」ヨウネシーが教えた。

パランドは、ヨウネシーが指差したところを見た。黒い両眉が、色白のなめらかな肌の上でかすかにあがった。最初のころ、鞭が猛烈な勢いで背中に当たり、体の前に巻き付いたときにできた傷だった。

「だいじょうぶです」大人の女性ではなく利かん気の子供のように、パランドがいった。「朝にまた来てもいいですか？」

「午後にしよう」ヨウネシーは答えた。「この旅に送り出す前に、もっときちんと回復してもらわないといけない」

「治りますよ、ヨウネシー検察官。約束します」パランドは答えた。

「それなら――助言されたようにベッドで休め」

「お望みのままに」パランドは答えた。「わたしはかならず、この仕事のための準備を整えます」

肘掛けにつかまって立ちあがったパランドが、ヨウネシーにお辞儀してから身を起こし、出ていった。またしても、称賛に値するというよりも、強い印象を残していった。彼女はみずから望んで鞭打たれただけでなく、身の安全を超越する動機を抱いている。調査によってこの秘密を見つけ出したあと、パランド・ガセミ博士は愛国心よりも、プロフェッショナルとして究極の難題に取り組む熱望に衝き動かされている。しかし――それはどうでもいいと、ヨウネシーは自分にいい聞かせた。ふたつの理想がひとつにまとまるのであれば、それで満足だ。

それに、ガセミ博士が核兵器二発に取り組めるのであれば、どんな犠牲も――彼女の健康だけではなく、父親の身の安全も――たいした問題ではない。

12

ヴァージニア州スプリングフィールド
フォート・ベルヴォア・ノース
オプ・センター本部
七月一日、午前十二時五十五分

オフィスでの会議で、チェイス・ウィリアムズは単純な指示をあたえた。アミール・ガセミとその家族についてわかっていることをすべて洗い出せ。

「単独で(ソリテイア)？」全員が出ていく前に、アンがきいた。

「単独で」ウィリアムズは答えた。

四年ごとの国土安全保障見直しは、国土安全保障任務はアメリカ合衆国政府のあらゆる資産にまたがる〝組織全体〟の作業だと定義しているが、ウィリアムズはオプ・

センター内部だけで検索を行ないたかった。縄張り争いのためではない。確実な情報だけを受け取りたかったからだ。政治任命の官僚や幹部職員は、データストリームよりも時計を気にする。いっぽう、ギーク・タンクは、ガセミの娘のパランドを見つけ出した。

アンに仕事を割り当てられたアーロン・ブレイクは、キャスリーンとともに、それぞれのワークステーションで調べることにした。アーロンのデスクにはモニター三台がならび、メール用にはタブレットを置いてある。左端のモニターはキャスリーンのモニターとネットワークで接続されているので、彼女の作業を見守ることができる。キャスリーンは、スマートウェア眼鏡に内蔵の音声リンクで、ウィリアムズのオフィスでのプレゼンテーションの概要をアーロンに説明した。

三十二歳のアーロンは、数学とコンピューター科学の天才で、学費免除でスタンフォード大学に入学し、コンピューターとネットワークのスキルでノーベル賞受賞者の教授たちを感嘆させた。サンディエゴ・コミコンでビデオゲーム会社に勧誘された。その会社はじつはＭＡＲＳＯＣ——海兵隊特殊作戦コマンド——に属していて、アーロンはロジャー・マコードに目をかけられた。マコードがオプ・センターに参加したとき、アーロンもついてきた。収入が増えて大きな責任を担えるのも魅力的だったが、毎年七月にひらかれるコミコンで、政府の予算を使ってだれかを雇うことができるからだった。それに、有名ブランドのTシャツを着ることが許されたのが決め手になった。アーロンのお気に入りは〈スタートレック〉と〈スターゲイトSG‐1〉で、オフィスのドアの上には〝カーク船長〟の表札がある。新陳代謝を活発にするエナジードリンクが主食の小柄で瘦せているアーロンは、まちがいなく政府でもっとも自由奔放な情報部門を運営していた。

そのことは、かならずすばらしい結果が出る理由のひとつだった。情報がさえぎられることなく流入し、地球上でもっともテクノロジーに長けた頭脳の若者たちが、ひと目を気にしない自由な同僚たちとともにそれを処理する。

〝エキセントリックな天才用学生ラウンジ〟だと、ウィリアムズはいったことがある。

ゲアリ・ゴールドと崔冬怜がランチに行ったので、ギーク・タンクのキャスリーンの側は、アーロンのオフィスとおなじくらい静かだった。天才でなくてもパランド・ガセミを見つけるのは簡単だ。パランドは、オクスフォード大学で原子物理学の博士号を得ていた。キャスリーンが戻ってきて席に着く前に、アーロンはそれを突き止めていた。

「なんとまあ」激しい驚きをあらわにして、アーロンはいった。「いったい全体どんな隠れた理由があって、イラン政府はなんとしても必要としている原子物理学者、それも彼女のような優秀な人間を投獄して鞭打ったんだろう？　父親に帰国しろと脅すため？　そんな筋書きがありうるのか？」

「そういう筋書きなのよ」キャスリーンがいった。

「だったら、まったく筋が通らない」アーロンはいった。「それだけじゃない。ぼくたちがすぐさま突き止めるはずだというのを、やつらは知っていたはずだ」

「彼らは彼女を殺さなかった」キャスリーンが指摘した。「それに、ひねくれた理屈があるのかもしれない。〝われわれは彼女を必要としているが、ほかのだれかが亡命しないように見せしめにする〟といったような」

「かもしれない」アーロンはいった。「でも、奇妙だよ。彼女は、存在しないとされているイランの核兵器開発に携わっていたわけではないようだ。職歴では、イラン科学技術大学で物理学を教えていることになっている」

「将来、科学者が必要だからでしょう」

「ああ、ユーチューブに彼女の講義の動画がある」アーロンはいった。「それでも、彼らにとってなんの得にもならない行為だ」

「それは、あなたが狂信的なイスラム聖職者のような考えかたをしないからよ」キャスリーンは意見をいった。

「かもしれない」データストリームをスクロールしながら、アーロンはいった。すこし遅れて、自動化されている政府運営言語情報システムが、イランのおもな言語であるペルシア語、アゼルバイジャン語、クルド語の訳文の分割画面を提供した。「この女性は未婚、きょうだいはいない。母親は死去――」

「宗教活動もない」警察の記録を調べながら、キャスリーンがいった。「隠れキリスト教徒だという説に一致しているように思える」

「クレーンから吊るされたくないと思っているわけだな」アーロンはいった。

キャスリーンは、公式書類を急いで調べた。テヘランの好む公開処刑の生々しい画像が、そこに含まれていた。最初はゲイだけがそういう罰を受けていたが、〝あらゆる形の反社会行為〟と最高指導者がいうものを抑え込むために使われることが多くなった。反逆罪はいまでも顔を自動火器で撃って罰せられる。キャスリーンはニューメキシコ州の牧場で育った。馬が手入れされ、去勢され、コヨーテに嚙み裂かれるのを見てきた。落馬した人間が重傷を負うのも見た。パニックを起こした有蹄動物の絵をアニメ映画向けにデザインするために、肉食動物の生々しい映像を研究することも多かった。

キャスリーンは、血が流れる光景を見慣れていた。ただ、オプ・センターに参加する前は、宗教の名を借りたこういう古代ローマの剣闘士まがいの残虐きわまりない犠牲には慣れていなかった。そういうおぞましい発想には出遭ったことがなかった。

検索していると、何度か電子音が鳴り、あけたままのファイルの情報が更新されているのだとわかった。コンスタンティン・ボリシャコフがアナドゥイリにある銀行の表の防犯カメラで識別されたことを、ポップアップ情報が伝えた。キャスリーンはそのボックスを閉じて、パランド・ガセミの検索を終え、得られた情報を読んだ。

テヘランで物理学を教えている原子物理学者、父親以外の係累は不明、おそらくキリスト教徒。キャスリーンがこれまで集めたオンライン履歴とおなじように、最低限のことしかわからなかった。

「この女性はよっぽど静かな暮らしをしていたか、それとも詳しい情報が消去されたんだろう」アーロンが意見をいった。

「ソーシャルメディアはない」検索をつづけていたキャスリーンがいった。

「イランだよ」アーロンが、にべもなくいった。「意外じゃないね。もし彼女がキリスト教徒なら、父親以外のキリスト教徒からの接触があったかもしれない」

「それが変なのよ」キャスリーンがいった。

「なにが?」

「親子関係を示す出生記録がない」

「革命前の記録はほとんどデジタル化されていなかった」アーロンはいった。「それに、ガセミが始末したのかもしれない」

「ここにイギリスのビザがある」キャスリーンがいった。「格別なことはなにもないし、ふつうのデータバンクにはなにもない」つぎの検索を開始したとき、アーロンがすでに検索していることに気づいた。「大学時代の活動に関しても、なにもない」

「ああ。それに、イランがそれをすべて消去できたはずはない」アーロンはいった。

「こんなに探知されないようにしている人間はめったにいない。クラブ、旅行、交通違反切符、なにひとつない」

「でも、これがある」キャスリーンは、イングランド銀行を調べていた。「銀行口座」

「それぐらいはあるだろう」アーロンはいった。

「ええ、でも金額が。アミール・ガセミは当時、大佐だった。いま給与等級を調べてる――へえ。このお金は多すぎる」

「貯金していたんじゃないのか」アーロンがいった。

「大佐程度で? ちがうでしょう。口座申し込みの書類では、住所が――」

「学生寮じゃなくて、アパートメントだ」アーロンがおなじ検索をたどりながらいった。

「それに、そこに彼女がいたとき、同居人はいなかった」

「後援者がいたんだろう」アーロンはいった。

「テヘランからの？」

「否定できない」アーロンは同意した。

ゲアリ・ゴールドと冬怜が帰ってきたことに、キャスリーンはなんとなく気づいた。キャスリーンが脇目もふらず注意を集中しているのを察して、ふたりは静かに席についた。

「こんなに足跡が残っていない人間に、はじめてお目にかかった」アーロンはいった。

「たとえ目立たないようにしていても、なにかしらあとに残るものだ」

「待って――」

「ぼくも見ている」アーロンが、すこし興味を惹かれたようにいった。

パランド・ガセミが出席した二〇一五年のモスクワでの原子物理学者シンポジウムの写真だった。パランドは論文を出さず、講義も行なわず、討論会の名簿には載っていなかった。キャスリーンはすぐさまＦＲＡ――顔認識分析――にかけて、写真でパランドが話をしている相手を確認した。

五人の名前が現われた。

ウラジーミル・チャグシェフ教授——ロシア、国立モスクワ大学。

朴英南（パク・ヨンナム）博士——北朝鮮、咸興（ハムン）数学物理学大学。

サデク・ファルハーディー博士——テヘラン医科大学、核医学、放射性トレーサー。

グスタフ・ラスプ博士——ドイツ、ハイデルベルク、マックス・プランク原子物理学研究所。

アドンシア・ベルメホ博士——キューバ、ハバナ大学（名誉教授）

キャスリーンは、それぞれの経歴を調べた。

「ファルハーディー博士は元革命家で、パランドが大学で教えていたときに、講座を持っていた——」アーロンがいった。

「重要な地位にいる人間は、みんなおなじ経歴ね」キャスリーンはいった。「ちょっと待って。これはおもしろいわ。ファルハーディーは、イランのＴＡＧ――追跡および地形同期――プログラムに関わっていた」

「われわれの略語だね」

「そうよ。ごく少量の放射性ヨウ素を注射すると、甲状腺(こうじょうせん)に沈着し、放射線治療の結果だとして見過ごされる可能性がある。巧妙よ」

「ガンを気にしなければ」

「報告によれば、この分量ではだいじょうぶみたい」キャスリーンはいった。「アーロン、何分かべつのことを調べてもいいかしら」

「なにを？」

「それもきょう現われたことなの」キャスリーンは、アーロンにいった。「たぶんこれとは関係がないと思うけど、確認したい」

「やってみて」アーロンはいった。「まったく現金ばかりの国だな。ぼくはスマートフォンと固定電話のアカウントになにかないか調べてみる」

キャスリーンは、アーロンとモニターを接続したままで、原子物理学者四人のことをあらためて調べた。ベルメホ博士以外は、経歴の情報が豊富にあった。ベルメホのファイルは、パランド・ガセミのファイルとおなじくらい内容が乏しかった。アメリカはキューバの情報にほとんどアクセスできないので、意外ではなかった。キューバ政府は業務をできるだけアナログにして、オンラインではなくじかに会って行なうようにしている。

しかし、情報の欠如そのものが、本質を表わしている。キューバでは新聞に死亡記事は載らないが、重要な革命家が死ぬと国がかならずその功績を称えるので、死んだのだとわかる。調べるうちに、ハバナの銀行口座に間断なく金が振り込まれていることがわかった。引退した政府高官や元大学教授にはそぐわない巨額の金だった。ベルメホはいまも報酬を得て働いているのだ。キューバには核開発計画がないが、よその国にはある。ベルメホが北朝鮮やイランのようなならず者国家の顧問をつとめているとすると、渡航記録があるはず――。

「イランはキューバに権益があるんだわ」アフマディネジャド元大統領から、正体がわかっていない〝カリブ海の現場工作員〟に機密費が渡されたという情報を読んで、キャスリーンはひとりごとをいった。予算増加の指示が出たときに判明した情報で、ベルメホ博士の預金が増加したときと一致している。

イランは、モスクワの要請でロウルデスSIGINT基地にオブザーバーを配置していると考えられていた。ロウルデスは高度の保全適格性認定資格(セキュリティ・クリアランス)を有していたことがある人間の〝引退村〟だった。ただの居住地ではなく、そういう人間を監視し、訪問者に目を光らせるための施設にちがいなかった。キューバにかぎったことではないが、異例の快適で安全な環境を元スパイや高度の技倆を有する労働者に提供すれば、敵の諜報員と交わるおそれはないという考えかたによるものだった。

「ロウルデスがその場所よ」キャスリーンは判断して、引退した原子物理学者を捜さなければならなくなったときのために、そこにフラッグを付けた。ベルメホのファイルには、ひとつ注記があった。それは古いCIAの報告書で、たったふたつの単語が、にわかにキャスリーンの注意を惹いた。アナドゥイリ作戦。

13

キューバ、ロウルデスSIGINT基地
七月一日、午後一時十一分

アドンシア・ベルメホ博士にとって、それはフルタイムではなく、毎日やる必要もない仕事だった。ほとんどの時間を、回顧録の執筆に使うことができた。使用人たちはみんな彼女の記憶――すこしの知識と、その精神の大部分をほしがった。その精神は、七十年近く滅びることなく生き延びてきた。

ごく最近まで、ロウルデスの古い基地は、葉巻がただでもらえ、散歩できる広い緑の野原がある、快適な集合住宅にすぎなかった。朝の靄（もや）が温められて消えると、八十三歳のアドンシアは、つねに散歩に出かけた。フェンスで囲まれた施設内の部屋を出て、柔らかい緑の芝生を素足で歩いた。この日課になっている散歩のときには、フロリダ海峡やメキシコ湾からキューバ北西沿岸に吹き寄せる優しい風がことにありがたかった。そのたえまない息吹が、湿気と人間を刺す虫を追い払ってくれる。

この質素な快適さがあれば、ほかにはなにもいらないと、アドンシアは思っていた。学問の世界はもうぜったいにいらない。五年前によろこんで辞めた。悪意と嫉妬の象牙の塔と呼び、激しく憎んでいた。マエストラ山脈の拠点でのフィデルとラウルのカストロ兄弟や恋人のチェ・ゲバラとの十一カ月におよぶ窮乏生活よりもずっと不快だった。そこは島の南東部で、熱帯のカリブ海に面している。

とはいえ、白髪のアドンシアにはそういったことを愚痴る資格はないし、本人もそれは承知していた。太巻きの葉巻〈サンチョ・パンサ〉を猛烈にふかした。その習癖のために、大学でアドンシアは〝ドラゴン〟という綽名をつけられた。母国や外国で会ったひとびとの多くとは異なり、アドンシアはただ生きているだけではなく、思いのままに生きていた。はじめは二十四歳のときに、独裁者フルヘンシオ・バティスタの腐敗した政府に対する反乱にくわわった。ハバナ大学の学生だったころに、おなじ学生のフィデルと知り合った――フィデルは法学を、アドンシアは物理学を学んでいた。ドミニカ共和国の大学民主主義委員会の議長だったフィデルは、東部やそのほかの地域で大衆を抑圧する右翼の思想に反対していた。アドンシアは核均衡学生委員会の議長で、アメリカ帝国主義との戦いに献身していた。ふたつの組織には五世紀にわたって抑圧されてきたカリブ海諸国のひとびとの力と熱情を解き放つという、共通の偉大な理想があった。

彼らがキューバ解放のために共闘したのは、当然の成り行きだった。アメリカの報道機関を利用して戦うために、ふたりとも英語を学び、アメリカが腐敗していることを伝えた。なんという時代、なんという勝利だろう。数百人のゲリラが熟練した正規軍一万人を打ち破ったあと、すでに変化は起きていたのだが、その勝利ほど純粋で崇高なものはないとアドンシアは思った、だが、そうではなかった。

アドンシアは、あまりにも多くの出来事を見てきた黒い目を、細い切れ込みのように半分閉じて、暖かい土を爪先で挟みながら歩いた。オレンジ色のジャングルジーンズをはいた脚が、草にとまっている蝶をときどきはばたかせた。黒と薄茶色の蝶が、ことに好きだった――名前は知らない。ただ、翅に指紋のような模様がある。逃げようとしている重罪犯のようだと思い、アドンシアは笑みを浮かべた。

かつては仲間とともに、犯罪者のようだったことがあった。指名手配され、追われ、つねに逃げて、森や洞窟で暮らした。やがて、突然、解放者に、あらたな指導者になった。バティスタ政権を牛耳っていたアメリカとマフィアは、権力の座を追われた独裁者とともにいなくなった。そして、そのあと――。

アドンシアは、葉巻を口から乱暴に引き抜き、左足で踏みつぶした。爪先の裏をすこし火傷したが、長年、走ったために、そこには胼胝ができていた――大学で警官隊から逃げ、そのあとは山中で逃げ――靴が嫌いなので裸足で歩いた。なんであろうと、自分を束縛するものは憎悪していた。皮膚を焼かれるのも楽しい。生きていることを実感できる。

アドンシアは、緑のキルトで覆われているような前方の起伏に細い目を向けて、海岸線と遠い海に目を凝らした。消えかけの葉巻の煙が漂ってきたので、草いきれと潮気とともに吸い込んだ。その三つのせいで、アドンシアは幸福感に包まれ、涙を流した。

バティスタとアメリカ人と犯罪組織の親玉は去った。やがてソ連がやってきた。はじめは農業顧問で、犯罪による収入がなくなった穴埋めに借款が行なわれ、つぎはアメリカ沿岸に狙いをつける核ミサイルだった。アドンシアは、カストロ兄弟の強い勧めと援助を受けて復学した。そして、物理学の知識がある唯一の信頼できる幹部として、ハバナとモスクワの仲介者に任命された。

一度の抱擁で、ゲリラ集団から世界的な勢力になった、とアドンシアは思った。

カストロとアナスタス・ミコヤン第一副首相の抱擁が、夢の終わりを告げた。

アドンシアは、衛星アンテナや低い建物があちこちにある広大な施設群のほうをふりかえった。あの取引によって、四十二隻(せき)の艦船が〝農業用重機〟とソ連軍将校をキューバに輸送した。それによって権力と被害妄想が膨張し、不信にかられたフィデル・カストロが、もっとも親密だった側近数人を処刑した。カストロの参謀長で革命の同志の反共主義者だったが、謎の飛行機事故で亡くなったカミロ・シエンフェゴス・ゴリアランのことを、アドンシアはいまも懐かしく思い出す。アドンシアはキューバのために死ぬことを信奉しているとはいわないまでも、受け入れていた……しかし、カストロ兄弟のために死ぬつもりはなかった。殺人、投獄、弱腰の同志の頻繁な更迭(こうてつ)によって、アドンシアの夢は灰燼(かいじん)に帰した。アドンシアはキューバを核兵器ではなく原子力エネルギーの安息の地にしたかった。そのための革命だった。無料の教育、医療、エネルギー——自由のための。

アドンシアは、カストロ兄弟に抗議したことは一度もない。ただ身を引いただけだった。みずからの権力を維持するために彼らが非情な戦術を駆使したことへの嫌悪にくわえて、生き延びて、なんらかの形でキューバに尽くしたいという願いがあったからだった。アドンシアは周囲の人間にたびたび〝あなたの問題よ!(トゥ・マレティン)〟というようになり、しまいにはある目つきを向ければ、それをいわずにすむほどになった。原子物理学の博士号を得ると、ソ連のミサイルが撤去されてからしばらくして、アドンシアは原子物理学を島国のキューバで利用する方法を模索した。二〇〇一年にSIGINT基地が閉鎖されると、そこの官舎が引退した政府職員に開放された。監視されるとはいえ、アドンシアはそこで引退生活を送ることをフィデルに寛大に許された。

失ってはならない貴重な人材だが、解放するのは危険だ。

バティスタ政権崩壊後の粛清(しゅくせい)は、そう表現された。アドンシアにとってさいわいなことに、フィデルはだいたいにおいて女性には感傷的で、ことに彼女に対してはそうだった。アドンシアはつねに最悪の粛清から除外されていた。

やがて、二〇一四年にロシアが戻ってきた――年間二億五〇〇〇万ドルの使用料とともに、政府がずっと共謀していたコロンビアの麻薬密売業者の代わりに。アドンシアは住みつづけることを許されたが、多くのキューバ人労働者にとっては謎の人物だった。洞窟から出てきて、煙を吐きながら野原を這って進むメドゥーサのように気味悪がられた。アドンシアはそのイメージをかなり気に入っていた。でしゃばり屋の傲慢(ごうまん)な共産党組織専従者(アッパラーチク)を石に変えることができたら、さぞかし楽しいにちがいない。そういう力があったら、キューバは自由になり、見事な出来栄えの石像の輸出国になる。

あの噂はどうなの？　アドンシアは思った。

カフェテリアや地元の市場で、ロシア人への反発がささやかれていた。貧乏だが満足していた市民が狭い通りに住む平和な小さな街で、暴力沙汰が起きている。ロシア人がやってきてから数カ月後に、未解決の性的暴行事件が起きたのが、その発端だった。被害者は、郵便配達夫の父親が基地に配達するのをときどき手伝っていた若い娘だった。この犯罪はぜったいに解決されないだろうと、だれかがいった。犯人はロシア兵たちだから、隠蔽されたのだというものもあった。酒場での喧嘩があたりまえのようになり、たいがいロシア兵が起こして、損害が賠償されることはなかった。ロシア人のおかげで商売が成り立つので、我慢しても差し引き感情は得になるとキューバ人たちは考えた。しかし、しばしばターゲットにされるキューバの若者たちには、そんな忍耐も、我慢する理由もなかった。それに、刑務所に送られるのは決まってキューバ人だった。やがて、売春がはびこるようになった。これまでは問題がなかったのに、非合法に蔓延した。それに、地元の女性だけではなく、そう遠くないハバナからもやってきた。しかし、例の事件の問題は、ロウルデスではいまだにくすぶっている。

若いロシア人は、兵士だけではなく科学者も、ここを行楽地だと思っている。キューバ人にとっては故郷なのだ。そのふたつはいい取り合わせではない。

反逆者の精神が残っているアドンシアは、そういう力のぶつかり合いを楽しんでいたが、もう戦争ができる年ではない。フィデルは死んだ。その長男は自殺した。令名は消えかけている。

アドンシアは、太陽と空と、その下のすべての驚異的で感動的な物事を眺めて立っていた。思う存分楽しんでいることに、うしろめたさはなかった。だが、どの日も、チェがいないのを淋しく思った。チェには核分裂物質のような特質があり、光輝とエネルギーを発散させていた。アドンシアは、チェの知力、献身、実行することすべてに対する情熱だけではなく、その肉体も恋しかった。果てしない勇気と燃える情熱ゆえに、チェは一九六六年のボリビア革命に身を投じ、捕らえられて処刑された。

アドンシアは、シエンフエゴスのサトウキビ刈り入れ作業員の家に生まれた。キューバとキューバ人のことしか関心がなかった。キューバを世界と結びつけた共産主義の思想には魅力を感じなかった。だからこそ、キューバ人のなかで働いて暮らしを立てる平和な手段を見つけることができた。

かつては立派な見かけだった葉巻が、ぼろぼろに砕けて土に押し込まれているのを、アドンシアは見おろした。

「おまえもあたしもおなじだよ、なあおまえ（コンパドレ）」おもしろくもなさそうに、アドンシアはいった。

つまらなそうな気乗りしない足どりで、アドンシアは施設群のほうへ戻っていった。野原を離れるのが嫌だったし、戻ってもなんの楽しみもない。ロウルデスにいるのは新世代の頭がいかれた男たちばかりだ。昔のソ連軍の将軍たちのような、地道で成熟したところがない。昔の軍人たちは恐ろしい戦争を経験し、心の底では戦争は二度とごめんだと思っていた。いまの連中には、チェのような威厳や判断力はない。中央司令部Bの会議に呼ばれてから三週間ずっと、ラウルはなんという愚か者をこの国に来させてしまったのだろうということばかり、アドンシアは考えていた。

あんたは望みのものが手にはいるかもしれないよ、アドンシアは不機嫌に思った。世界の舞台であんたが演じる引退劇のおかげで、あんたの兄のフィデルが打ち立てたものはすべて、影が薄くなるはずだからね。

14

ロシア、アナドゥイリ、ウゴリヌイ空港
七月二日、午前六時三十三分

コンスタンティン・ボリシャコフは、朝食をとってアナドゥイリ・ホテルのロビーで新聞を読んだだけでなく、服をきちんと着てコートを毛布代わりにかけ、そこですこし眠った。海軍将校だったので、どんな時刻だろうと、どこでも仮眠できるすべを身につけていた。つぎはいつ睡眠がとれるかわからないからだ。

「だから夜に長く眠れないのかもしれない」ホテルの正面入り口から冷たい空気が吹き込んではっと目を醒ましたとき、ボリシャコフはひとりごとをいった。「一日中、居眠りしているからだ」

時計を見た。それで完全に目が醒めた。息子が乗っている飛行機が、まもなくウゴリヌイ空港に着陸する。急げば――。

老いと体の不具合をふりはらって、ボリシャコフはフロント係にタクシーを呼んでほしいと頼んだ。タクシーの待機所が数ブロック先にあるので、三分後にやってきた。

アナドゥイリの街から一二キロメートルほど離れている空港は、一九五〇年代にソ連空軍の北極管制グループが建設した。チュクチ自治管区が拡大されると、多目的化され、自治管区から発着する民間航空のターミナルとしても使われるようになった。アラスカのノームからの補給品輸送も許可され、この地域のブラックマーケット商品のルートとして厳重に秘密が守られている。ウゴリヌイは冷戦中もその後も商用航空のハブでありつづけ、ソ連崩壊直後の一九九二年まで強力な第171戦闘航空連隊が配置されていた。その後、軍が来るのは航空演習のときだけで、それも、六五〇〇キロメートル南西のサラトフにあるエンゲルス空軍基地からの長距離訓練任務が主だった。

白いミニバンのタクシーの車内は暖房で暑苦しく、運転手は五十代だった。ボリシャコフは、ここにいたころからこういうロシア人をよく知っていた。怪我をしたので漁師から仕事を変えたのだ。その運転手の場合は、梯子から落ちて、手が体の下敷きになったということだった。

「それでも運転できるから、ボリスは運がよかった」自分のことを三人称で得意げにいい、左手と右の掌だけでハンドルを操作していた。右手の指は動かなくなって外側に曲がり、まるで折れた扇子のようだった。「息子が漁をやってる。それでもまともに食っていける」乗客が不安がるといけないので、つけくわえた。

運転手が充血した目で、ルームミラーを覗き込んだ。

「あんた、水兵みたいな歩きかただね」運転手がいった。「そうだったのかい？　ここにいたんだろう」

ボリシャコフは上機嫌だったので、笑みを浮かべた。「ああ、どっちも当たっている」誇らしげにいった。何十年ものあいだ、自慢できるようなことがなにもなかった。

「海軍の水上艦だね！」運転手が大声でいった。肩をゆすった。「あんたを見てたんだ――体を揺らしてバランスをとってた。それでわかったんだ」

魚や昔の話になり、新しい仲間ができたと思っている運転手の熱意で、二十分それがつづいた。縁石に寄せて車をとめたとき、たっぷりチップをもらったボリスが、乗客に礼をいった。「それじゃ、だれかを迎えにきたんだろう？」

「まあな」ボリシャコフは答えた。

ボリスが、剝き出しの頭でうなずいた。「トルストイがいったように、〝もっとも強い戦士ふたりの名は、忍耐と時間だ〞」肩をすくめた。「本を読む時間がたっぷりあるんでね」

ボリシャコフは、ボリスに心から礼をいった。ありがたい助言だった。

ボリスがほかにもなにかをいったが、ボリシャコフは耳当てをおろしていたので、聞こえなかった。タクシーをおりると寒気が襲いかかったので、ボリシャコフは急いでターミナルにはいった。ウゴリヌイは、ふた棟の建物から成っている。等脚台形のガラス張りのターミナルは、日射しで暖められている。それと直角をなして三階建てのオフィスビルがあり、現地の軍司令部も兼ねている。

日射しを浴びている広い屋内は、静かだった。ファンの風で乾燥するタクシーの暖房よりも、太陽熱のほうがずっと好ましい。ユーリーが乗っている飛行機は、十一分後の到着予定だった。ボリシャコフはプラスティックの椅子に座り、〝水兵の脚〞をのばして、それでボリスが楽しくなったことに、また笑みを浮かべた。人生の前半をふりかえるのは、いいものだった。後半では腐敗した悪の道に落ちたから、なおさらだった。

いまでは座りかたも海軍将校ではなくギャングのようだ。だらしなく体をのばして座っていたことに気づいて、ボリシャコフは自分を叱(しか)った。背すじをのばして、脚を引いたが、落ち着いて座っていられないので、立ちあがった。ターミナル内を歩き、一軒しかない売店の雑誌の表紙をちらりと見て、菓子や飲み物がないかと眺めまわしたが——なにもなかった。こんどは飛行機の爆音に耳を澄ました。考え、不思議に思った。父親らしい心配——息子は幸せなのか、結婚しているのか、子供や孫はいるのか？——だけではなく、根本的な疑問が浮かんだ。ユーリーはどんな見かけなのか？　いまなにをやっているのか？　軍人なのか、医師なのか、機関士なのか？　ふたりが疎遠になった原因の出来事のあと、身の安全を金で買ったあと、ボリシャコフには息子の消息を調べる人脈と資金がなかった。それに、インターネットも役に立たなかった。ユーリーは忽然と姿を消していた。

故意にそうしたのか？　ユーリーは政府のために働いているのか、それとも父親に見つけられたくなかったのか？

そのとき、低い爆音が聞こえた。心臓が胸からせりあがってきて、喉につかえるような心地になった。飛行場を見おろす壁一面の窓のほうへ近づいた。民間のジェット機二機と、自家用ジェット機三機だけが駐機していた。遠くに目を向けて、左を見ると、ジェット機がゆっくりと接近してきた。心臓がせりあがったままで、あえぐように小さく呼吸するのがやっとだった。泣きそうになるのを我慢した。白く輝くイリューシンIℓ‐62Mが、天上界のもののように現れて、世代差と心の傷に魔法のように架け橋を渡した。

しばらくのあいだ、ボリシャコフは周囲でなにが起きているかをほとんど意識していなかった。飛行機が着陸し、すばやく地上走行し、タラップが回転して機外に出てきて、スタッフが集まり、やがて乗客がおりてきた。

ボリシャコフは、ほとんど息ができなかった。おたがいに見分けられるだろうか？中背だが自信に満ちた大股で歩く男が、ひとりでターミナルにはいってきた。四十五歳くらいで、まずまず成功しているビジネスマンのような品のいい服装だった。弁護士や官僚が好むアコーディオン型の間仕切りがあるショルダーバッグを肩からつるしていることに、ボリシャコフは目を留めた。男が、周囲を見られるように歩度をゆるめた。

男の目がボリシャコフを捉え、そこでとまった。すぐさまボリシャコフのほうを向き、それまでとおなじきびきびした足どりで進んだ。笑みは浮かべていない、まだふたしかだからか……。

ボリシャコフは笑みを浮かべた。思わず頬をゆるめた。男が近づくと、ヴァルヴァラの繊細な口もとや油断のない目とおなじだと、ボリシャコフは気づいた。ボリシャコフの顔をぼろぼろと涙がこぼれ落ちた。男が近づき、立ちどまると、ボリシャコフは両腕で男の両肩を抱いた。

「ユーリー」ボリシャコフはたどたどしくつぶやき、息子の頰にキスをして、コートの襟に涙をこぼした。

ユーリーが身を引くのが、ボリシャコフにわかった。わけがわからず、手を離して、ボリシャコフは一歩さがった。ユーリーもおなじようにした。父親の探るような視線を、無関心な厳しい目で受けとめた。

「もうじき荷物が出てくる」ユーリーが、不愛想にいった。「外で煙草を吸ってくる」

ボリシャコフの返事を待たず、ユーリーは手袋をはめて正面出入口に向かった。空港の手荷物運搬人や警官の小さな群れを押しのけるようにして通り、凍てつく光のなかに出ていった。

ボリシャコフは、合点のいかない顔でユーリーを見送ったが、ついていかなかった。再会で感情が昂っているのを、見られたくないのかもしれない。父親との再会に適応するのに、時間が必要なのかもしれない。あるいは、ほんとうに煙草を吸いたいのかもしれない。長い夜間飛行だったし、眠れなかったのかもしれない。

ぼうっとした状態で、まだ周囲の出来事にはほとんど無意識のまま、ボリシャコフは手荷物引取場へ行った。無音のままの回転式コンベアのまわりに、乗客たちが無言で立っていた。そこで家族と会っていたのは、数人程度だった。あとは水産業者か、土木技師か、海軍の下請け業者のようだった。ほとんどが携帯電話かタブレットの画面を見ていた。

母親も打ち解けない性格だったことを、ボリシャコフは思い出した。彼女がピアノを弾くとき、なにを感じているのかわからなかった。でも音は聞こえる。

コンベアの上のほうで赤いライトがつき、そこだけ警告音が鳴った。コンベアがまわりはじめ、荷物が転げ落ちてきた。ボリシャコフがうしろを見ると、ユーリーが携帯電話を切って、ターミナルにはいってくるのが見えた。サングラスをかけ、流行のコサック帽をかぶっていた——ミンクのように見えた。

ボリシャコフは、期待に満ちた笑みを浮かべた。これから、親子らしいありようになるはずだ。

だが、ボリシャコフが期待したようにはならなかった。ユーリーはボリシャコフが立っているところからすこし離れた場所で、数人のあいだに割り込んだ。ボリシャコフに背中を向けて待ち、小さな黒いバッグがいくつか出てくると、慣れた無駄のない動きでさっと取った。旅慣れているということだけは、ボリシャコフにもわかった。

時間をやろうとボリシャコフは思い、しいてそれに従うように気をつけた。長い年月が過ぎているし、不幸な別れかただった。

「車はある?」バッグを持ってボリシャコフに近づきながら、ユーリーがきいた。

「いや、ユーリー。車がいるとは知らなかった」

「いるんだ」ユーリーがいった。「ホテルへ行ってシャワーを浴びる。それから手配しよう」

ユーリーが出口に向かったので、ボリシャコフは腕をつかんだ。ユーリーがふりかえった。濃いサングラスに隠れて、目は見えなかった。

「おまえ、これはどういうことだ?」ボリシャコフは、不機嫌にきいた。「どうしておれを呼んだ——会いたいわけでも、話をしたいわけでもないようなのに」

「そのとおりだよ、父さん」ユーリーが、ほとんど吐き捨てるようにいった。「どっちもしたくない。でも、いくらモスクワに帰りたくても、おれたちは話をしなければならないんだ。かまわなければ、ホテルで」

「ああ、かまわない」そんな些細なことをどうして気にするのだろうと不思議に思いながら、ボリシャコフは答えた。「どこでも、おまえの好きなところでいい」

ボリシャコフは、意気消沈して肩を落とした。気持ちもおなじように落ち込んでいた。弱々しく出口のほうを示した。バッグをひとつ持とうとしたが、だいじょうぶだとユーリーにいわれた。

ふたりが外に出ると、タクシーが寄ってきた。乗り場から離れたところで待っていたのだ。知り合ったばかりの顔が突き出された。

「待つっていっただろ」ボリスが笑みを浮かべて、あらたな客の荷物を持とうとした。「聞こえなかったみたいだったけど、いちおう待っていたんだ」

ふたりはタクシーに乗り、暖房の熱風を浴びた。ホテルに戻るのかと、ボリスがきいた。ボリシャコフが小声でそうだといった。それしか言葉が出てこなかった。いまでは泣くだけではなく、絶望にかられて悲鳴をあげたい気分だった。予想していたこととはまったくちがうし、没交渉になるよりもずっとひどい——そばにいるのに、激しく憎まれていることが明らかなのだ。

ボリシャコフは、理解しようとした。ユーリーの立場になろうとした。だが、喉から悲鳴が出てくるのを抑えるのに、すべての集中力と決意を使い果たしていた。

「で、あんたたちは血がつながっているね」うれしそうにルームミラーをちらりと見て、ボリスがいった。「顎や頬の形でわかる。おなじ冷静そのものの態度」重々しく聞こえるように、低い声になった。「ふむ、父と息子、それとも叔父と甥。アナドゥイリにようこそ。なにか見たいものかやりたいことがあれば、いつでもお役に立ちますよ」グラヴコンパートメントを指差した。「そこに番号が書いてある……名刺も渡すよ」

ふたりは答えなかった。ほとんど身じろぎしなかった。ユーリーは窓の外を見ていたし、ボリシャコフは正面を向いていた。

ほとんどなにもない長い直線道路だ、ボリシャコフは思った。それが自分の人生だったと、にわかに気づいた。

ボリシャコフはポケットに手を入れて、サングラスを出した。日差しから目を守るためではなく、涙を見られたくないからだった。

15

ヴァージニア州スプリングフィールド
フォート・ベルヴォア・ノース
オプ・センター本部
七月一日、午後一時五十九分

きょうは一度出かけたのだから、それでじゅうぶんだ。

チェイス・ウィリアムズは、現大統領がオプ・センター再建のチャンスをあたえてくれたことに感謝していた。普段なら、ミドキフに会議をやるといわれたとき、ホワイトハウスに駆けつけていたはずだった。しかし、ガセミ准将の経歴について部下のひとりひとりから説明を受けたばかりだったし、ワシントンDCまで車で行って、オプ・センターにひきかえし、またワシントンDCの自宅に帰るのは、あまりいい時間の使いかたとはいえない。あと三カ月で六十歳になるウィリアムズにとって、兵站(へいたん)——とエネルギー節約——は、数年前よりもずっと重要になっている。時代遅れの儀礼を尊ぶだけのために、集中が乱れたり、活力を消耗したりするのは避けたかった。秘話ビデオ会議で、おなじように——いや、もっと有効に——ジャニュアリー・ダウ、アレン・キム、トレヴァー・ハワード、大統領と話し合うことができる。

大型モニターにそれぞれがボックスに分かれて映っているのを、ウィリアムズは見た。三人がタブレットを使い、大統領はデスクトップのモニターを使っている。ハワードは先刻ほど悠然としてはいない。大統領のデスクの向かいで肘掛け椅子に座り、かなり動揺しているようすだった。大統領もあまり元気がないように見えた。

ハワードが会議を主導した。

「大統領、先ほどチームから説明されましたが、クアンティコでわかったことよりも確実な事実は、なにもつかんでいないようです」ハワードがいった。「チェイス、きみのほうはなにかつかんだか？」

「状況証拠ではないものは、ほとんどありません」ウィリアムズは率直に答えた。

「投票日の夜、州が結果をまだ発表できないときとおなじだな」ミドキフがいった。

「二度とそういう目に遭わないのがありがたい」

ウィリアムズには、大統領のいらだちがよくわかった。任期中最低の支持率になっている。二期目の終わりに近づいているとはいえ、ひどい不支持率のまま退任したくはないだろう……ひょっとすると、彼の政権が察知していない重大事が起きていて、もっと最悪の事態になるかもしれない。

「それについて申しあげるなら、大統領」ウィリアムズはいった。「得票数は水物ですが、なにかが起きているときにはつねに勘が働きます」

ハワードとジャニュアリーが、感心しないというように口をゆがめた。

「たしかにそうだ」大統領が賛成した。

「わかった。それじゃ直感で行こう」ハワードがいった。「きみはどう〝感じて〟いるんだ、チェイス？」

「彼は嘘をついています」

「そう想定せざるをえない」ハワードが同意した。「それで彼がなにを得られる？」

「ガセミ准将はわたしたちをスパイするために送り込まれたが、考えをあらためたのだと、わたしたちが信じ込むようにするのが狙いです」ウィリアムズはいった。「わたしたちが厳しく訊問しても、ガセミはたいしたことは知らないでしょう。なにもわかりません。しかし、わたしたちは質問しつづけるでしょうね。質問を細かく調整したり、一新したりして。それをやるうちに、わたしたちはガセミに——ひいてはイランに、わたしたちの情報のどこに穴があるか、なにを疑っているか、そしてなにを懸念しているかを、教えることになります」

「そんなことは国家機密ではないでしょう」ジャニュアリーがいった。「わたしたちが知らないいろいろなことを、ブロガーがイランに教えている」

「ただ、なんらかの軍事行動が準備されていると、ガセミは明言した」ウィリアムズはいった。「何事かが起きているとき、わたしたちの質問はもう漠然としたものではなくなる。それを手がかりにすれば、わたしたちの内部に〝亡命者〟を送り込むよりも、ずっとうまくわたしたちの動向を追うことができる」

オーヴァル・オフィスが静まり返った。やがて、大統領が口をひらいた。

「チェイス、父親はふつう、この男がやったようなことをやらないから、わたしたちはみんな疑わしいと思ったわけだ」ミドキフ大統領がいった。「娘を置き去りにし、鞭打たれるのを見るようなことをやったからだ。彼が嘘をついていると〝きみ〟が思っている理由はなんだ?」

「わたしは軍隊が大好きなんですが」ウィリアムズはいった。「規模にかかわらず、どんな秘密作戦でも、実行されれば、兵士、ことに将校はなんらかの持論を持つし、なにが起きているのか察するものです。ところが、ガセミはなにも知らないといい張っています」

「イランはアメリカとはちがうでしょう?」ジャニュアリーが反論した。

それにはキムが答えた。「それはどんな政府機構にも備わっている特性ですよ。父は韓国で国会の副議長だったときに、それを経験しました」

「でも、イランなのよ」ジャニュアリーがくりかえした。「かなり厳しい神権政治なのよ」

「わたしのところには、イラクで戦った人間がいる」ウィリアムズは、いらだっているのをほのめかしながらいった。「その話について、彼らに話を聞いてもいい。あなたさえよければ」

ウィリアムズは、たいがい対決姿勢を見せないが、ジャニュアリーは学問と外交の経験はあっても、軍事についての知識はない。それでいて、話を聞いているべきときに、強引に意見を口にした。

「この話をどこへ持っていくつもりなんだ、チェイス?」ハワードがきいた。

「パランド・ガセミが、原子物理学者のパランド・ガセミ博士だというのは――」

「イランでは男の職業です」ジャニュアリーが口を挟んだ。「大学で教えることはできても、核兵器開発は——」

「そういう話をしているのではない」ウィリアムズは、ジャニュアリーをさえぎっていった。「一年前に、パランドがシンポジウムに出席していることがわかった」

「モスクワだな」ハワードがいった。「そのことだろう?」

「そうです。そこでハバナ大学のアドンシア・ベルメホ博士と会っています」

「それも突き止めた」ハワードがいった。

「ベルメホの身上調書にアナドゥイリの言及があるのを見つけましたか?」

ふたたび沈黙が流れた。

「それがどう関係があるんだ?」大統領がきいた。

「その地名は知っている」ハワードが、急に興味を示した。「ロシアの——」

「北東の港町です」

「核ミサイルをキューバに輸送する作戦の名称に使われた」ハワードがいった。「それがガセミ准将と、どう結びついているんだ?」

「なにもないのかもしれません」ウィリアムズは認めた。「ただ、きょうの情報スキャンで、二度出てきました」

今度は大統領が興味を示した。「つながりは?」

「いま調べているところです」ウィリアムズは、ボリシャコフという名前の人物がふたり、空路でアナドゥイリへ行ったことを説明し、キャスリーン・メイズが調べあげたベルメホの革命中と革命後の経歴を報告した。

「こういうことでしょうか」ジャニュアリーがいった。「投獄された原子物理学者が、ベルメホ博士と一度会ったことがあり、ベルメホ博士はキューバにミサイルを配置するソ連の計画に協力した。そうなんですね？」

ウィリアムズはうなずいた。

「そして、その作戦名になったロシアの町に、ロシア人ふたりが行った――でも、そのふたりとベルメホ博士との結び付きはわかっていない。ベルメホ博士の所在もわからない。それに、パランド・ガセミとの結び付きもわかっていない」

「すべて事実だ。だから調べている」ウィリアムズはいった。

ジャニュアリーが、疑う目つきをした。ジャニュアリーがハワードと大統領のほうに目を向けたことに、ウィリアムズは気づいた。政治に聡い女性の場慣れした仕草だった。政敵の情報機関幹部が大統領に自由に連絡がとれるとしたら、その分、彼女が自分の利益を推し進めるのには不利になる。ウィリアムズは中央政界のそういうところを、なによりも嫌っていた。部局や党や特別利益団体を、国家よりも優先する行為だ。

ハワードは、強い関心を抱きはじめたようだった。キムは中立的だった。大統領は、自分が聞いたことをすべて比較考量しているように見える。

「トレヴァー」ようやくミドキフ大統領がいった。

「調べる価値があると思いますが、点と点がつながらないというジャニュアリーの意見に賛成です」

会話が進捗もなく進むあいだ、ウィリアムズはモニターにビンゴのようにならんだ顔を眺めていた。こういうふうに形勢を見ながら責任をとらなくてすむような発言をするのは理解できたが、ほとんど無視した。だが、手を貸すよりも隠すことを根本的な方針にしている人間といっしょに仕事をするのは、かなり厄介だった。ウィリアムズは長い軍歴で経験しているが、戦場で将校が自発性を示すときには——それが命令に反していようが、交戦規則を無効にするものであろうが——ウィリアムズやそのほかの将校のほとんどすべてが、自分の指揮下にある資源をすべて戦闘に投入する。人名や国家安全保障が危険にさらされるような状況が勃発したときには、木っ端役人や作戦の教科書がはいり込む余地はなくなる。

キムが興味深いパズルのピースをつけくわえた。だれも聞いていないのではないかと、ウィリアムズは思った。

「これを論議したことはあるし、それからずっと観察しています」キムはいった。

「ガセミ准将は、イラクでヘイダル・ナジャファバディー軍団将軍に接触したといいました。一九九〇年代初頭、当時の記録によれば、ナジャファバディーは〝ネシャーン〟――〝特別な徽章〟のことです――の新任の将校でした。その画像には、弾頭の絵もありました。精鋭の極秘部隊で、核兵器か、核兵器に使用できるウラニウムを、旧ソ連の共和国……この場合はウクライナ、ベラルーシ、カザフスタンから買う任務を負っていました」

「しかし、成功しなかった」ハワードが、期待をこめていった。

「どうやらそのようでした」キムはいった。「しかし、そう判断したのは、イランの手にはいっていればイラクに対して使用したはずだと推定されたからです」

「ナジャファバディーは、いまもその集団の一員なのか？」大統領がきいた。

「わかっていません」キムは認めた。「クリミアのウクライナ人契約工作員に見張らせていたのですが、ロシア軍が侵攻したときに、その工作員が捕らえられました」

　このつながりには、だれも気付いていなかった可能性がある。その前からロシアはネシャーンのことを知っていたのだろうかと、ウィリアムズは思った。知っていたとすると、腐敗した巨大組織のロシア軍の抜け目ない犯罪者の将校が、ネシャーンが任務を達成する見返りとして、数千万ドル稼ごうとするかもしれない。

ウィリアムズは、よその人間がやっている縄張りを明確に区分けする争いには、くわわりたくなかったが、逆張りをする連中に部下の足をひっぱられるのはごめんだった。キムはすでにこれを追跡調査しているかもしれないが、ビデオ会議の最中にウィリアムズはバンコールとマコードにメールを送った。

ナジャファバディーとロシアになんらかの結び付きがあるかどうか探せ。

16

北太平洋、貨物船〈ナルディス〉
七月二日、午前五時三十一分

船体に何度ペンキを塗り重ねても無駄だった。イランの一般貨物船〈ナルディス〉は、甲板だけではなく船内も、ブリッジから機関室に至るまで、溶けたプラスティック、焦げたエナメル、煤(すす)のにおいが充満していた。

一月二十七日午前六時三十分、〈ナルディス〉はロシアのアストラカンからイランのアンザリー港に向けて航海中に、カスピ海の水路で火災を起こした。乗組員とロシアのタグボート〈カピタン・チェチン〉の高圧放水砲の消火作業で沈没はまぬがれたが、綿花などの可燃物が数時間激しく燃えた。〈ナルディス〉は自力で目的地にたどり着いたが、乾ドックに六カ月以上、入渠(にゅうきょ)するはめになった。そのあいだに、一九八〇年代に建造された貨物船は、修理だけではなく、効率を高める電子燃料噴射式のS型ロングストローク主機に換装した。その必要があった。排水量一五万九三六トン、全長三七〇メートル弱の貨物船は、商船隊から引き抜かれて、イラン軍に使用されるようになった。偽装のために――〝退役〟革命防衛隊将校のアフマド・サーレヒー大佐の指揮下で――民間の船舶として航海をつづけ、地中海、アジア、南米でブラックマーケットの武器を届け、調達していた。大洋を横断する遠洋航海と近海の沿岸航海の両方に通暁(つうぎよう)している六十一歳の将校は、最高の貴重品――核兵器――をテヘランに持ち帰るために、民話や伝説に登場する船長のように、大海原を徘徊していた。

サーレヒーは、最高指導者やその側近を好んでいるわけではなかった。だれが人民を統治していようが、祖国を愛していて、昔の帝国の栄光を復活させるためなら、どんなことでもやるつもりだった。アレクサンドロス大王のマケドニアやユリウス・カエサルのローマよりも前の紀元前五五〇年、キュロス二世の治世では、イランが全世界だった。

海に戻ってから二年以上たったいまも、〈ナルディス〉が以前の不運な出来事のにおいを漂わせているという事実が、それで変わるわけではなかった。機械も人間とおなじように傷を負う――機械の部分はなんともなくても、骨組みが傷ついている。どんな物でも、傷ひとつ負わずに命をまっとうすることはないのだ。

理想と信仰だけが無傷で生き延びると、サーレヒーは心のなかで告げた。

サーレヒーは夜明けとともに目醒め、朝の紅茶をいれてから、灰色のスウェットシャツとパンツの上下を着て、まっすぐブリッジへ行った。船長室で礼拝してはいなかったが、乗組員や上官には、つつましく信仰深いのだと思わせてある。酒は飲まないし、煙草も吸わない……もっとも、革命前はパイプ煙草を愛用していた。顎鬚を適切な長さにのばしていて、ブリッジで席につき、四方を見渡せる窓から外を眺めながら、ぼんやりとその顎鬚をしごいていた。

いまさら祈ってもどうせ役に立たないと思いながら、北太平洋の凪いだ海を太陽が照らしているのを、サーレヒーは見守った。この任務に熱意を燃やし、なんとしても成功させたいと気を揉んでいた。〈ナルディス〉は千島列島（クーリル諸島）沖を、四ノットという低速力で進んでいた。ロシアが領有する列島は、日本近海からカムチャッカ半島までのびている。気が逸っているいまも、その光景を見てサーレヒーは感動し、海軍将校であることのよろこびを噛みしめた。それに、これまでになくすばらしい眺めだった。ブリッジの窓は最新型で、輝度を減じることなく紫外線をカットするコーティングがほどこされている。

　ブリッジのそのほかの部分もオーバーホールされていたが、必要なところをすべて徹底的に直したわけではなかった。ドイツのハンブルクの会社——イランの遠心分離機の設計を手がけたのとおなじ会社——が航法・通信機器を据え付けたが、その計器盤は新しくても、壁と床と椅子は以前のままだし、火災の悪臭がすべてに染みついていた。カバーを張り替えた椅子に座るたびに、大火災を経たボルトや取り付け部がきしむような感じだった。

　チッチアン少佐がブリッジに来て、サーレヒー大佐に敬礼をした。軍の儀礼は、敵の衛星に観測されないブリッジだけで見られる。チッチアンが、サーレヒーの左の席に座った。乗組員は船員の服装だが、すべて革命防衛隊海軍かイラン・イスラム共和国海軍（NEDAJA）の兵士だった。NEDAJAはもっぱら要衝のオマーン湾で活動している。ブリッジの当直員五人は、すばやく能率よく作業を開始した。といっても、列島沿いを南北に往復しながら針路を確認し、どこかの国の軍艦がいないかどうかを監視するほかに、やることはたいしてなかった。公海ではどこの国にも船舶に接近したり、活動について質問したりする権利はない。問い合わせが——おそらく、千島列島をロシアが軍事化していることを懸念している日本から——あったときには、新しい装置をテストしていると答えればいい。じつは、サーレヒーは作戦のつぎの段階を待っているだけだった。テヘランで提督にいったように、その段階では〝行ったり来たりする〟必要はない。

左のほうで通信士が計器盤からふりかえった。自分の耳を指差し、ヘッドセットをはずした。サーレヒーは紅茶のカップを左手に持ち替え、右の肘掛けの下に手をのばして、自分のヘッドセットを取った。ブリッジは静かだが、この任務では指示はヘッドホンのみで伝えられる。

「サーレヒーだ」発信者の身許認証を求めずに、サーレヒーはいった。検察局がこの問題に関与していることは必知事項(ニード・トゥー・ノウ)の扱いになっている。

「ロシア隊は位置についた」連絡員がいった。「きみの乗客はまもなく移動する。待機をつづけるよう命じる」

サーレヒーは、受信した内容を復唱した。政府と海には大きな共通点がある。どちらも深く、危険な潮流にさらされていて、突然の嵐でそれに依存しているものが転覆する。サーレヒーは待機し、乗組員は休めの姿勢をつづける。それをもう二日もやっていた。サーレヒーは、ここにいる理由を考えて、自分をなだめた——要旨説明(ブリーフィング)のときにヨウネシー検察官はどう描写したか？　〝輝かしい成果〟だった。

麗々しく神々しい言葉だ。まるで聖職者のように。サーレヒーは思った。

紅茶を飲み終えると、サーレヒーはチッチアンに、エクササイズルームへ行くと告げた。

「落ち着かないのですか?」チッチアンがきいた。

「そんなわけがないだろう」サーレヒーは答えた。「起きてから四十五分しかたっていない」

チッチアンが、訳知り顔でにやりと笑った。「怪我をしないように、大佐。アミリを怪我させないように」

返事の代わりに、サーレヒーは二本指で敬礼した。前の日に刃渡り一一センチのブレード固定式ナイフで切った手首に、まだ包帯を巻いていた。

サーレヒーは、甲板に通じている螺旋(らせん)階段をおりていった。ブリッジへの出入口は前部階段の近くにある。サーレヒーはそこを下甲板へおりていった。

血がたぎるのをすでに感じていた。朝の徒手訓練は、ただの柔軟体操ではなかった。船乗りは昼間にいくらでもそういうことができる。十人ないし十二人向けのクラスが、午前、午後、夜にそれぞれ三つある、白兵戦闘訓練だった。サーレヒーが朝の活動が好きなのは、そのときが元気だからだった。それに、ナイフは本物なので、機敏であることが重要だった。

サーレヒーは、照明の明るい狭い部屋にはいっていった。すでに何人かがマットで腕立て伏せをやっていた。教官のアミリ大尉も含めて、だれも敬礼しなかった。アミリも床で腕立て伏せの回数を数えていた。サーレヒーもすぐに伏せて、はじまったばかりの五十回三セットの腕立て伏せにくわわった。マットから体を押しあげるたびに深い息を吸い、胸が二倍に膨らんだように見えた。活気がみなぎってきた。終えると全員が立ちあがり、輪になって、たくましい体格のアミリを先頭にして走りはじめた。アミリがどんどん速度をあげた。アミリが前の人間の踵(かかと)を踏んだときに、罰として全員がまた腕立て伏せを五十回やらされる。

きょうはそうはならなかった。ランニングを終えると、半数が壁ぎわの棚からナイフを取って、六人ずつ二列になった。サーレヒーはいつもどおりアミリと組んだ。アミリは機嫌のいいときでも陽気ではないが、自分のナイフをとってきたときには、いつもより緊張しているように見えた。

一回目の所作はすべて厳しく決められている。敵対するイスラエルの近接格闘術であるクラヴ・マガの型を使っているという皮肉をだれも気にしていない。接近して強打し、激しい勢いで前進する。打ち身はできるが、さほど危険な徒手訓練ではない。攻撃者のナイフがふりおろされ、防御者は前腕をあげてそれを受ける。攻撃者のナイフが横に薙ぎ、防御者はワイパーのように腕をふってそれを受ける。攻撃者のナイフがふりあげられ、防御者が前腕を下げてそれを受ける。両者がそれをくりかえし、動きがだんだん速くなる。皮膚が叩かれ、小さな切り傷や裂傷ができるが、反射神経が研ぎ澄まされる。つぎに役割を変えて、攻撃者が攻撃される。

定形の所作が三十分行なわれ、つぎは自由形になる。ここからは目的がまったく異なり、クラヴ・マガのあらゆる技が駆使される。ブロックだけでなく、背負い投げや腰投げ、足蹴り、脛蹴り、膝蹴り、空手、拳、肘打ち。この三十分では、ナイフの攻撃を避けるだけではなく、それを奪って、攻撃者を防御する側にしなければならない。中断せずにそれをつづけるのが理想だった。

負傷者が出た場合はべつだ。

アミリ大尉はサーレヒーの半分の年齢で、八センチ近く背が高い。手も足も届く範囲が広い。それで前日にサーレヒーは切り傷を負った。きょうはそうはさせないと、決意していた。

全員が防護用ヘッドギアと生命維持に不可欠な器官を護るベストをつけると、ひらめく白刃や転がる体がぶつかり合わないように散らばった。壁の上のほうの通風管が低いうなりを発しているだけで、部屋のなかは音もなかった。アミリが攻撃者で、サーレヒーと向き合った。周囲の物事は、ふたりの意識から消えたかのようだった。ここでは階級は関係なく、目的はふたつしかなかった。勝つことと、前の日よりも上達すること。

アミリが、まっすぐに突進することで闘いを開始した。剣士のように前かがみになっている。いつもならサーレヒーは半身になって、アミリと直角の姿勢をとり、受け流す。だが――腹立ちがつのっているせいでもあったが――今回は戦術を変えた。そのままの位置で、攻撃をブロックして受け止めた。わずかにかがみ、両腕をXの形に重ねた。アミリの前腕をつかみ、ナイフを握っている手を、ナイフの切っ先がベストまで五センチのところでとめた。アミリは動じず一歩進み、組んだ腕の上を越えようとした。サーレヒーはアミリが進むのをとめなかった。

二度目の突進で、アミリはサーレヒーに急接近し――蹴りを入れられる距離に来た。サーレヒーは、右足の裏でアミリの左膝を蹴った。衝撃で、アミリの体が一瞬、激しくふるえた。その隙にサーレヒーは右足でアミリの体の前を押し、曲げた肘を横にふって、相手の側頭部に叩きつけた。

ビニールに覆われたフォームラバーの緩衝材があっても、その一打でアミリはよろけた。アミリの体がかすかに右に揺れたときに、サーレヒーはのびていたアミリの手首をつかんで、ナイフの切っ先が上を向くようにひねり、それから逆手にねじりあげた。

アミリが叫んで、ナイフを落とした。叫び声を聞いてびっくりした周囲の男たちが闘うのをやめ、目を向けた。サーレヒーがナイフを拾い、アミリのほうを向いた。

白兵戦の達人のアミリは、サーレヒーに隙ができたことを即座に見てとった。サーレヒーが直立した瞬間、アミリは雄牛のように突進し、下腹を頭突きして、腰に両腕を巻きつけた。その勢いに押されてサーレヒーがうしろに下がり、マットに仰向けに倒れた。若さと訓練の賜物の速さで、アミリはサーレヒーの手首を床に強く押し付けた。ナイフが手から離れて飛び、アミリはそれをつかむために身を躍らした。

反射的に起きあがりそうになるのをこらえて――それでは闘いのはじめに戻ることになる――サーレヒーは床を這ってアミリを追った。アミリがナイフを拾いあげたが、サーレヒーは転がってその上になり、ふたりはもつれあって壁にぶつかった。ナイフを握った手がアミリの体の下になり、自分の体重に抑え込まれた。肘や膝を使ってじたばたしたが、サーレヒーはいっそう強く押さえて、ナイフが体の下から引き出されるのを防いだ。

いまや消耗戦になっていた。体が密接しているので、殴っても相手にあたえる打撃は小さい。

そのとき、サーレヒーのうしろでなにかがマットに当たった。

「大佐！」だれかが叫んだ。

それがなにか、サーレヒーは悟った。敵を押しのけるようにして身を離し、乗組員ひとりが投げたナイフをつかんだ。サーレヒーが立ちあがり、アミリも立ちあがった。こういう徒手訓練はやったことがなかったが、それはどうでもよかった。戦闘に確実なことなどなにもない。ふたりとも腕に防具はなかった。それも戦闘の状況とおなじだ。

これが徒手訓練だということを思い出すのが、難しくなっていた。攻撃的行動はミサイルのようなもので、燃料が尽きるまで上昇し、理性もふくめたほかの力では制御できない。ふたりは速い呼吸で向き合い、何事も見逃すまいと目を凝らした。ナイフは手に握られた道具ではなく、体の一部になっていた。フェイントや短い突きの応酬があり、刃と刃がぶつかる小さな金属音が響いた。

やがて、急にサーレヒーが体の力を抜いた。アミリが一瞬待ってから、おなじようにした。

「いや――きみのクラスを中断させてしまったようだ」荒い息をしながら、サーレヒーはいった。「わたしはもうやめるから、つづけてくれ」

「おれのためじゃないでしょうね」アミリがいった。

サーレヒーは笑みを浮かべた。「いや、大尉。わたし自身のためだ。シミュレーションに熱がはいりすぎたら、それに気づかないといけない」

「なるほど。また時間があったら――」

「また来るよ」サーレヒーは、アミリを安心させるためにいった。そのほかの乗組員のほうを見た。「これから起きることのために、わたしたちは最高の状態でなければならない」

乗組員は任務の内容をまだ知らなかったが、ここで時間を調整していることから、通常とはまったく異なる任務だろうと察していた。サーレヒーの言葉が、それを裏付けた。

アミリが、サーレヒーに敬意を表して、お辞儀をしてから、敬礼をした。サーレヒーはアミリにナイフを渡し、一同に礼をいってから、装具をはずして出ていった。

ブリッジに戻るとき、自分が興奮して徒手訓練から戦闘にあっというまに切り替えたことに、サーレヒーは困惑するとともに興味をおぼえた。ひょっとして、この任務がきわめて重要だということを、自分もいま実感しはじめているせいかもしれない。

17

ロシア、アナドゥイリ、アナドゥイリ・ホテル
七月二日、午前八時十一分

ボリシャコフは汗をかいていたが、タクシーの暖房が効きすぎていることだけが理由ではなかった。車外の景色は目にはいらず、この地域の魚の種類についてボリスがしゃべっているのも聞いていなかった。憎悪が際限なく発散されているのを知り、それを感じていただけだった。左に座っていた息子が、その源だった。

ユーリーの頭が向きを変えた。コートの襟を立て、マフラーを巻いているのを見て、祖母が編んだ黒と白の市松模様のマフラーを巻いていた、ひょろりと痩せた子供のころのユーリーを、ボリシャコフは思い出した……メルカーソフ提督が、ユーリーのために子供用の防寒コートを徴発した……ホテルがいま建っているところの近くに凍っ

た池があり、スケートなしでそこで滑ったユーリーが、すぐに脱げるように蠟紙で裏打ちされた大きなブーツを脱ぐ。氷と雪と海しかない遊び場だったのに、いつもとてもうれしそうだったユーリーの姿が瞼（まぶた）に浮かんだ。濃い灰色の翼のフルマカモメが、急降下爆撃機のように舞い降りて、食べ物を盗み、糞（ふん）を落として、海岸でボスの座を競い合う。

ボリシャコフは、昔のままのユーリーが飛行機からおりてくるのを期待してはいなかった。しかし、昔の面影がまったくないとは予想していなかった。最後に会ったときの軽蔑に満ちた目つきが、時を経ていっそう厳しくなっていた。

そもそもの発端は、ロシア軍がジョージアに残していったカラシニコフ・ライフル、スチェッキン・マシンピストル、ＰＭＮ‐１とＰＭＮ‐２対人地雷の備蓄の奪い合いだった。ボリシャコフの中東の顧客が、それをほしがっていた。コロンビアの麻薬カルテルもほしがっていて、彼らはセルゲイ・ビルグーン——別名〝略奪者（マラジョール）〟——の顧客だった。モンゴル人との混血の武器密売業者ビルグーンは、傭兵を組織できるほど大量の武器の在庫と資金を保有していて、やろうと思えば旧ソ連の共和国のどこでもクーデターを起こすことができると懸念されていた。ロシア中南部のクイズイリにあるビルグーンの拠点を当局が攻略しないのは、それほど強大だったからだ。

ボリシャコフの商売は、ビルグーンの商売に比べると小規模で、十分の一以下だった。それに、国内中心で、世界的ではなかった。しかし、ボリシャコフは〝略奪者〟がほしい縄張りを握っていた。交渉もせずに、ビルグーンはチェルタノヴォ・セヴェルノエ地区のボリシャコフの自宅からヴァルヴァラを拉致した。ヴァルヴァラはモスクワ郊外の工業団地の建物の地下に連れていかれて、そこで殺された。刺殺された裸の体のそばに、彼女の血で〝つぎはおまえの息子だ〟と書いてあった。

ボリシャコフは深い悲しみに沈んだが、降伏するつもりはなかった。反撃しなかったら、ロシアの小規模な武器密売業者すべての攻撃にさらされかねない。だが、その反撃は、ブラックマーケットではめったにないような襲撃になった。

ボリシャコフは自家用機でクイズイリへ行き、賄賂と脅迫によって、ビルグーンの八歳の娘が通っている私立学校を見つけた。そのときから長い年月が過ぎても、ボリシャコフは一部始終をくっきりと思い出すことができる。暖かい日で、霧雨がけぶっていた。ボリシャコフは黒いレインコートを着ていた。現代的な二階建ての学校の向かいに立ち、そこにはそぐわない車が来るのを待った。高級車に乗った親がだいじな息子や娘を迎えにきていたが、一台だけは車体がタイヤを押し潰しそうなほど低かった。厚い装甲が重いせいだった。窓にはスモークが貼ってあり、近づくとディーゼルエンジンの排気のにおいがした――重い車体を走らせるために、トルクが最大でなければならないからだ。それによって、車体が強化されているという判断が裏付けられた。ボリシャコフは、閉まっているゲートの外で傘をさして立っている親たちの近くで待った。フェドーラ帽を目深にかぶって、彼らとともに立っていた。校舎のドアがあいて、子供たちが出てくると、ボリシャコフは手をふって笑みを浮かべた――そのなかに自分の子供がいるかのように。

ボリシャコフはまったく怪しまれることなく、傘をさしている群れにすばやく視線を走らせて、親ではないひとりを見つけた。大きな黒い傘をさしている巨大な男だった。ボリシャコフは目につかないようになめらかな動きで親たちのあいだを通り、その男に近づいた。黄色いレインコートを着て、ピンクのウール帽からモンゴル人の伝統のおさげ髪が出ているかわいい少女が、大男のそばへ行った。少女とならぶとよけい大きく見える男が、彼女を護るように、背中のうしろに片腕をのばし、車に向けていっしょに歩いていった。ボリシャコフは数歩しか離れていなかった。ボディガードがドアを開け、少女がはいれるようにうしろに立って――。

ボリシャコフは右の手袋を脱いで、レインコートのボタンをはずした。指が触れた真鍮の冷たさが、いまも感じられる。ハタ、ハタ――そのとき風がすこし強くなり、スリットのはいった裾が脚の上のほうではためいたのを憶えている。内ポケットに入れてある護身用の銃身の短い三八口径リヴォルヴァーに手をかけたとき、掌に心臓の鼓動が感じられた。退役してからそれをずっと持ち歩いていた――。

ボリシャコフは、車に正面から近づいた。少女は乗り込んだところで、ボディガードはドアの蔭にいた。無駄のないひとつの動作で拳銃を抜き、大男の額を一発で撃ち抜いた。けたたましい鋭い銃声に反応してだれかが目を向ける前に、赤い縁取りの黒い穴があいた。少女は――。

あの少女。ボリシャコフは思った。なによりも彼女のことをありありと憶えている。あいたドアの向こうで倒れたボディガードの凍り付いた無表情ではなく、消えていく銃声を貫いて聞こえた悲鳴や足音でもない。びっくりしてぽかんとあけている愛らしい口、無邪気な感じの頰、近づくボリシャコフを見つめていた大きな茶色い目。外側のポケットから細身のナイフを抜いたとき、おれはボディガードよりもずっと小柄だがもっと恐ろしいのだと思ったのを憶えている。ボリシャコフは、手袋をはめた左手でナイフを握り、急に怯えた少女の後頭部を右手で押さえて、大きく瞠っている茶色い左目に鋭い切っ先を突き刺した。ナイフはそのままにした――ボリシャコフの稼業では、借りを返したことが確認されるように、軽蔑のしるしとして〝品物〟を残す。

車に背を向けたボリシャコフは、悲鳴をあげている少女をそこに残し、モスクワへ戻った。

現在に思いを戻すと、ボリシャコフは溜息をついた。いまになっても自責の念はない。それどころか、それは満足感をおぼえた最後の行為だった。意図は明確に伝わったはずだ。報復として、あの少女を殺すこともできた。そうしなかった、つぎになにかが起きたら殺す。

モスクワに戻り、準備と実行のせわしなさが薄れると、ようやくあわれな娘だと思った。あの少女は、ヴァルヴァラがそうだったように、ただの道具に使われた。これはビルグーンとボリシャコフのあいだだけのことで、こういうおぞましい事柄を記録する台帳があったとしたら、ボリシャコフは第一位につけていただろう。ビルグーンはひとりの命を奪っただけだが、ボリシャコフはひとりの一生を台無しにした。肉体に傷をつけただけではなく、感情や精神にも傷を負わせた。

ビルグーンは二度とボリシャコフに手出しをしなかった。ボリシャコフは、自分と息子の身を護るために、武器密売をやめた。売買契約と縄張りを売ることで、足を洗うことができた。手もとに残った金で、所在を知られないようにして、数種類の名義の新しい身分証明書やパスポートを手に入れ、ユーリーをヴァルヴァラの妹ナターリャに託した。ナターリャは、ロシア南部の大都市ノヴォシビルスクで会計事務所を経営していた。ユーリーを護るために、ボリシャコフは会いにいかないようにしたが、ナターリャはときどき写真を送ってきた。たえがたいつらさだったが、ボリシャコフはぜったいに会いにいかなかった。原因が疑わしい飛行機事故でビルグーンが死んだときには、ユーリーは成長していた。ついにナターリャのもとを離れたとき、ユーリーは彼女に約束させた。母親が死ぬ原因になった腐敗した生活を送っていた男に、ぜったいにいどころを知らせないでほしいと。

それが三十年前のことだった。三十年。

ボリシャコフは、こんなふうにじっと座っているのには耐えられなかった。手をのばして息子の手をぎゅっと握りしめ、愛していることをなんとかして示したかった。ユーリーにいいたかった。ヴァルヴァラがいないのを淋しがっていないと思っているのか？　商売をやめたのはそのためなんだぞ。彼女を救うために国がなにをやってくれたと思う？

ボリシャコフは息子の後頭部に目を向けて、心のなかで叫んだ。〝ユーリー、ヴァルヴァラを失ったことは、おれたちを離れさせるのではなく、近づけたはずじゃないのか？〟

だが、かすれた耳障りなささやきとなって口から洩れたのは、そういった言葉ではなかった。

「おまえ――いまもクワスが好きか？」ライ麦パンを発酵させてこしらえる飲み物のことを、ボリシャコフはきいた。「クワスの屋台が来ると、おまえは走っていって――」

「やめろ、父さん」ユーリーが、なかばふりむいていった。「こうして座っているのも苦痛なんだ。これ以上ひどくしないでくれ」

「だったら、どうして来た？　おれを憎んでいると……面と向かっていうためか？」

「仕事がある」ユーリーはそういっただけだった。感情も関心もなく、なにかを読みあげているような声だった。

ボリシャコフは力なく座り直した。配車係とずっと電話で話をしていたボリスが、電話を切ったが、アナドゥイリについてのおしゃべりを再開しようとはしなかった。

一分後、タクシーがホテルに着いた。ユーリーがトランクから荷物を出すあいだに、ボリシャコフが代金を払った。

「なにもかもうまくいくよ」釣りを出しながら、ボリスがそっといった。ユーリーのほうをちらりと見てから、目を戻した。「船乗り仲間のいうことを信用するがいい。

おれが知っていることに、彼も気づくだろう。あんたはいいやつだ」

ボリシャコフはボリスのことなど考えていなかったし、これがちがう状況だったら、部外者のお節介な意見など耳にはいらなかったはずだった。だが、いまはボリスの言葉に人間味を感じた。

「ありがとう」ボリシャコフはいった。「心に留めておこう」

ボリスがシートの上から握手を求め、ボリシャコフはタクシーをおりた。ユーリーはなかにはいらず、荷物を持って立っていた。タクシーから出てきたボリシャコフを見た。

「おれがどうして苗字を変えなかったか、わかるか?」ユーリーはきいた。「あんたが提案した身許のどれかを使わなかったのはなぜかな?」

「教えてくれ」ボリシャコフは自分を元気づけるようにいった。「わけを知りたい」

「いつかその名前を誇り高いものにしたいと思ったからだ」ユーリーはいった。「きょうがその日だ」

バッグを持って向き直ると、ユーリーはホテルにはいっていった。ボリシャコフは、寒い日なたにしばし立ち、あらゆることを自分にいい聞かせることで、動揺をふり払おうとした。ユーリーは母親と父親と青春を失ったのだ――それから、つづいてなかにはいっていった。

18

ヴァージニア州スプリングフィールド
フォート・ベルヴォア・ノース
オプ・センター本部
七月一日、午後二時十分

元海兵隊員のロジャー・マコードがMARSOCで情報大隊を指揮していたときには、対諜報活動の難解な謎を解くのに、逆行分析工学(リヴァースエンジニアリング)という単純な手法を使った。ひとつの方程式として表現できることを、そのときに発見した。

目標＝願望＋計画（情報＋経験）＋ツール＋意志

これらの要素を満たせば、敵を発見して阻止する方法がわかる――あるいはどんな謎でも解くことができる。いわゆるマコード方式(メソッド)は、夕食のときに妻と頻繁に議論する話題のひとつだった。人間の本性はいずこもおなじなので、娘三人を育てるのにも役立つと、マコードは確信していた。だが、毎回失敗するので、ついに結論を下した――それもごく最近になって――ティーンエイジャーはテロリストとはちがって予想がつかない。

妻のメアリーは、マコードに負けないどころか、降参したといわせることができる唯一の人間だった――何カ月かかろうと戦い抜くのだ。ふたりが会ったのはプリンストン大学在学中で、メアリーは金融と財政学の博士号を、マコードは国際問題の博士号をそこで修得した。マコード博士夫妻とウィリアムズはしばしば意見が食いちがい、ウィリアムズはそれをマコードよりも如才なくさばく。しかし――マコードは口にしたことはないが、腹の底では思っていた――ウィリアムズは戦闘で負傷したことがない。マコードはラマーディーで軽対戦車ロケット弾（RPG）のために右脚にひどい怪我を負い、かなり足をひきずるようにして歩く。それで活動が衰えはしなかった。プリンストン大学でやっていたシングルスカルのボート漕ぎ（こ）をいまも熱心にやっているし、ハーレーダビッドソンの運転も大好きだった。だが、それはマコードを自意識過剰にして、ときどき戦闘的にする。何カ月もベッドに寝ていなければならなかったので、古典文学を読むようになり、他者の目を通して人生を見るようになった。自分がまちがっていたときは、つねに謝る――だが、今回は謝らなかった。ガセミのことでは。ガセミは本人が主張しているとおりの人間なのかもしれないが、マコードは彼に疑わしきは罰せずの原則を適用したくはなかった。

　ウィリアムズがキムの些細な情報をメールで知らせ、ナジャファバディーとロシアのつながりを探せと指示したホワイトハウスとのビデオ会議後、マコードは自分の方程式で作業を開始した。自分が知っていること――あるいは知っていたこと――すべてに、そっと内密にアクセスするために、ドアを閉めて独りでオフィスにこもっていた。マコードの頭脳には、二十年以上の軍と情報部門の事細かな事柄が詰まっている。静かなところで集中することによってのみ、それを引き出すことができる。

　方程式の〝願望〟は単純だった。イランは、核兵器かそれを製造するための高濃度の核物質をほしがっている。イランにはその意志もある。それがテヘランではなによりも重要だ。それに、世界中に展開できる海軍と豊富な資金が、基本的なツールになる。部分的にしかできあがっていないものは、〝計画〟だけだ。それには情報と経験にくわえ、結び付きが必要とされる。イランは世界中に膨大な人的情報収集（HUMINT）の目と耳がある。それに、噂では――。

　もうひとつ情報の断片を見つけたと、マコードは不意に思った。

イランはキューバのロウルデス基地経由でロシアから情報を買っていると疑われている。ガセミがスパイとしてアメリカに来たのであれば――ジャニュアリーには違うといったが、やはりそうかもしれない――方程式の〝情報〟は得られる。経験は？イランはドイツと北朝鮮から核のノウハウを買っていることが知られている。したがって、方式（メソッド）を実行するのに必要な情報の断片すべてのうち、いくつかをイランが手に入れていることがわかった。現時点の秘策は、方程式の各要素がG――目標――を達成するために、どちらを向いているかを突き止めることだ。

マコードが〝証拠の重要度〟と呼ぶものが、謎を解く鍵だった。方程式を通じて、どの要素が直接的もしくは間接的にもっとも際立っているかを、たしかめようとした。入手した情報の断片を無作為にならべると、目についたのは――アナドゥイリ作戦、ベルメホ、ロウルデス、そしてシュクル・パンチ。すべておなじ見出しの下に収まり、方程式が完成する。

マコードは、一九六二年以降のCIA白書の単語検索を行なってから、ウィリアムズに電話をかけた。

「なにかわかったのか、ロジャー？」

「キューバに通じているとはいわないまでも、わたしたちをそこに近づける道すじが、いっぱい出てきました」
「中間準備地域？　それとも情報収集？」ウィリアムズはきいた。
「あとのほうです。われわれは、キューバ危機と関連がある情報を四つ見つけていま
す。偶然の一致ではありえない。ＣＩＡのアナドゥイリ作戦に関する事後分析をざっ
と見ましたが、なにもわかっていなかったこと、いまもなにもわかっていないことに、
唖然(あぜん)としました」
「そのときは偵察飛行を行なっていなかったからだ」ウィリアムズはいった。
「なるほど」
　ウィリアムズがいうのは、一九六〇年五月にスヴェルドロフスク上空を飛行してい
たアメリカ空軍のＵ‐２偵察機が撃墜され、パイロットのフランシス・ゲアリ・パワ
ーズが捕虜になった事件のことだった。一九六二年のパワーズ釈放は、アメリカが事
実上、ソ連領土上空での偵察飛行を中止するのと、戦術的にタイミングを合わせてい
た。
「ＣＩＡは、一九六二年秋にふたつの出来事があったと結論しています」マコードは
話をつづけた。「ひとつは、フルシチョフは核ミサイルをすべて撤去せず、キューバ
のどこかにいまだに残っているということ。もうひとつは、キューバだけがミサイル

配備の目的地ではなかったということです。当時、シリアは旧ソ連ブロックと連携していたし、トルコのわれわれのミサイルをモスクワは快く思っていなかった」

「なんと、シリアに核兵器があるとしたら――」

「ありえます」マコードはいった、「目に留まることなく、半世紀以上埋もれていた。あるいは、フルシチョフはソ連のどこかへ配備したのかもしれない。当時、わたしたちの目はキューバに向いていましたからね。わたしたちのＨＵＭＩＮＴは、既知のサイロだけを監視していました。フルシチョフは、同盟国のターゲットを射程に収められるところに、ひそかに隠そうとしたのかもしれない」

「キャスリーンが、ロシアの武器密売業者がロシア北東部に現われたと報告した」

「ただの家族の再会かもしれないと、いっていますよ」マコードはいった。「キャスリーンはそっちを監視すべきですが、核兵器の足跡は最初にあった場所からたどる必要があります。そういう記録が見つかるかもしれない場所は、三カ所しかない。ロシア、シリア、キューバ」

「キューバか」ウィリアムズは、考え込むようにいった。「ベルメホとアナドゥイリ作戦。きみの方程式」

「キャスリーンはそこにも目をつけましたよ」マコードはいった。「ロウルデスＳＩ

ＧＩＮＴ基地に、ベルメホ博士がいる可能性が高いと」

「きわめて厳重に閉ざされている場所だぞ」ウィリアムズはいった。「書類を偽造しても、きみはキューバ人やロシア人には見えない」

「キューバはアフリカから中国にいたるまで、あらゆる人種が混じって――」

「スペイン語は高校で習っただけだろう――」

「四年間（クアトロ・アニョス）」

「それに、しつこく尾行されるぞ。基地に忍び込めたとしても、どうやってベルメホを探すんだ？　話をしてくれると思っている理由は？　健全な精神状態だと当てにできるのか？」

マコードは、じっと考え込んでいた。「彼女はときどき姿を現わす」マコードはいった。「キューバ国立銀行に口座があります。預金を引き出すかどうか、キャスリーンが見張っています」

「ＡＴＭがあるだろう。ロシア人向けのＡＴＭも、ロウルデス基地のスーパーマーケットにあるはずだ。ロシア人が休暇中ではないときも便利なように」

「ロシア人がね」マコードはいった。「キューバ人なら、なおのことその基地から逃げ出したいでしょうね。いいですか――われわれは結び付きを調べなければならない。

わたしはスカルをずっとやっていますからね。キューバのカルデネスでは、百年以上前からそのスポーツが盛んだったし、そこはハバナやロウルデスに近い。潜入できるかもしれない」

外交関係が確立したとはいえ、アクティビティのためにツーリストがキューバへ行くのは、規則で禁じられている。それでも、アメリカ財務省外国資産管理室はいまも十数種類の渡航に関して一般許可を発行していて、スポーツ活動と試合はそこに含まれている。

「これに関してはきみの勘に賛成だ」コンピューターをちらりと見て、ウィリアムズはいった。「この問題と関係ないのかもしれないが、キューバのファイルを見ると、人間の目が見たものはなく、SIGINTとELINTばかりだ。それから、ベルメホ博士に関係があることをすべて調べるよう、アーロンに頼むといい——渡航、銀行預金の引き出し、写真……あらゆるものを。きみが接近しやすいような彼女の日課があるかもしれない」

「わかりました。ポールとギーク・タンクに説明します」マコードはいった。「いつもの経路で連絡を維持します」

マコードは、重荷をおろしたような気分になって、電話を切った。オフィスに縛り付けられているのが負担になっていたことに、それまでは気づいていなかった。負傷し、四十なかばになり、家族を大切にしているマコードは、この展開を中年に付き物の日課だと、あっさり受け入れていた。先ごろニューヨークでマイク・ヴォルナーとともに冒険に乗り出した作戦部長のブライアン・ドーソンが、おなじように現場の任務を引き受けてはどうかと、マコードに勧めた。肉体と精神の両面で、それだけの力があるかどうか、マコードには自信がなかった。すくなくとも精神面については、それが思いちがいだったとわかった。

立ちあがって廊下を進み、オプ・センターのワンマン旅行会社のダン・カーボネロと話をした。書類が必要なら、合法的なものだろうと非合法なものだろうと、かつてワシントンDCで旅行代理店を経営していた六十五歳のカーボネロに相談しなければならない。カーボネロの妹ジョディは、引退した造幣局の彫版工だった。役に立つ組み合わせだった。

必要なものをカーボネロに伝えると、マコードはアメリカ・ボート協会のマイク・フォーゲル事務総長に連絡した。もうじき休暇がとれるので、一度も行ったことがないキューバで過ごしたいと、マコードはフォーゲルにいった。ハバナのボート協会の同役に電話して、行けるようにすると、フォーゲルがいった——間に合うように書類を用意できれば。

「もう手配した」マコードは、旧友のフォーゲルに請け合った。

「忘れていた」フォーゲルがくすくす笑った。「きみはそっちにも人脈があるからね」

「単独でやるのはボート漕ぎだけだ」マコードは答えた。

マコードは、べつのデータをあてはめられるかを確認するために、方程式に注意を戻した。数分後に、アーロン・ブレイクから電話がかかってきて、中断した。

「タンクに来てもらう必要があります。手が空いていれば」アーロンがいった。

「なにをつかんだんだ?」

「部長がこれから行くところを監視するよう、長官にいわれたんです」アーロンが答えた。「これは見たいはずですよ」

19

キューバ、ロウルデスSIGINT基地
七月一日、午後三時九分

アドンシアが狭いリビングでソプラノ歌手のシオマラ・アルファァロのスタジオ演奏を聞きながら自叙伝を書いていると、煙のにおいが漂ってきた。一瞬遅れて、火災報知機が鳴った。その数秒後に、べつの警報が——反対の方角で鳴った。つづいて何人もの鋭い叫び声が耳朶(じだ)を打った。

煙と警報の源は、アドンシアがいる三階建ての内部ではなかった。あいた窓を通して、八〇〇メートル離れた聴音哨(ちょうおんしょう)Aの方角から届いた。アドンシアはデスクを離れて、急ぐふうもなく裏口へ歩いていき、小ぶりなパティオに出た。うしろのドアはあけたままで、燃えている建物に近づいた。そこへ行ったときには、基地に常駐してい

る消防車のサイレンが聞こえた。かなり離れている北の街のほうからも、サイレンの音が近づいてきた。

木と煉瓦(れんが)の長い二階建ての両端から、激しい炎が黒煙を噴きあげていた。風が煙を内陸部に押し流し、アドンシアが立っているところから離れた南東へ漂っていった。一階の窓はあいていたか、熱でガラスが割れたようだった。建物正面を指のような形の炎が昇りはじめ、キューバ人作業者もロシア軍将校も、敷地内の舗装道路のほうへ走っていた。旧式の赤い消防車が建物の向こう側から到着し、近くにある六十年前の消火栓にホースをつなごうとした。アドンシアには見えなかったが、消防士たちは栓をまわしてはずすのに苦労しているようだった。

アドンシアは、書いた分を保存し、避難しなければならなくなった場合に備えてノートパソコンの電源を切るために、なかに戻ることにした。キャンプファイアやバティスタ政権の火炎放射器によってジャングルが焼失するのを見たことがあるので、予期していなかった火災は火のまわりが早いと知っていた。夜のキャンプファイアで研ぎ澄まされた生存本能が、ひとの気配を即座に感じ取った。

「すみません、ベルメホ博士」角の向こうからだれかがいった。つづいて咳(せき)が聞こえた。

アドンシアはリビングを通り抜けた。左奥に狭いキッチンとダイニングがある。右は寝室、バスルーム、クロゼットに通じる短い廊下だった。声はそこから聞こえた。

「だれなの?」アドンシアはきいた。怖がる口調ではなかった。危害をくわえるつもりがあるのなら、存在を教えるはずがない。火災を見にいったときに、だれかがそっとはいり込んだにちがいない。

「お、おれはエンリク・サンフリアンです。ここで用務員として働いています」

「どうして隠れているのよ?」アドンシアはきいたが、すでに察しはついていた。

「火事と関係があるのね?」

「はい」エンリクが、あやまりながらまた咳をした。

「事故ではなかったのね?」アドンシアはきいた。

返事はなかった。アドンシアは廊下の手前で立ちどまった。

「出てきて話をしなさい、エンリク」アドンシアはいった。

中背、中年で、ごくふつうの体つきの男が、午後の光のなかに出てきた。カバーオールを着て、キューバ国旗とその下に〝キューバ万歳〟というスローガンがある黒い野球帽をかぶっていた。

「こんにちは」励ますような笑みを浮かべて、アドンシアはいった。「あたしを知っ

ている の?」

「話には聞いています」エンリクがいった。帽子を脱ぐのが礼儀だと急に気がついたらしく、野球帽をさっと取って、濡れている白髪交じりの頭を出した。エンリクの浅黒い肌に汗がにじみ、すこし息を切らしていることに、アドンシアは気づいた。「両親が、あなたとチェと、セニョール・フィデルとセニョール・ラウルの話をしていました。あなたがやったことを、ふたりともとても自慢にしていました」

「ありがとう」アドンシアは、丁重にいった。「では、エンリク――あなたがなにをやったのか、なぜやったのか、聞かせて――でも、その前に、やりかけの仕事を保存しないといけない。避難しなければならない場合に備えて」

エンリクがうなずき、野球帽を握りしめた。アドンシアは座り、ただ原稿を保存しているだけだというのが見えるように、画面をエンリクのほうに向けて、やがて電源を切った。エンリクが大きく息を吐いた。

「座ったら?」小さな液晶画面のテレビの向かいにあるクッション付きの木の椅子を、アドンシアは示した。

「ありがとう。結構です」エンリクがいった。「火をつけたのは――あなたがかつて戦ったのとおなじ敵が現われたからです。時代は新しくても、昔とおなじ過酷な主人が」

「ロシア人のことね」アドンシアはいった。

「そうです。やつらは毎週、どんどん増えています。友人たちが街で嫌がらせをされ、姪たちも——もうここでは安心できない」

「彼らの主要情報収集施設に放火すれば、彼らを追い返せると思ったのね」アドンシアはいった。「人数が増えるだけよ。警備要員が」

エンリクが両手を差しだした。「おれたちもそれは考えました。いとこたちもおれも。でも、この国の指導者たちの注意を惹きたかった。おれたちが不満に思っていることを示したかった」

「この国の指導者たちは、ロシア、イラン、コロンビアに大金で買収されている」アドンシアはいった。「火事ぐらいでは変えられない」

表から叫び声が聞こえた。警備部隊の——声からしてロシア人——が、敷地内で散開している。

「火事は一度じゃない。何度も起こす」エンリクがいった。「あなたがたがやったように、反撃する覚悟のできるひとびとが立ちあがるようにする」

アドンシアは、それをちょっと考えてから、立ちあがった。

「その話はあとでしましょう、エンリク。まず――寝室へ行ってそこにいて。やつらはかならずここへ来るから、あたしが追い払う」

エンリクがうなずき、泣き出さないように口を固く引き結んだ。アドンシアは、鋭くシッといってエンリクを行かせ、ノートパソコンを小脇にかかえて、ドアに向けて歩いていった。

男ふたりが建物のアドンシアがいる側に沿って走っていた。カーキ色のズボンにおなじ色の半袖シャツを着ていて、ドアをあけたり、窓を覗いたりしていた。ふたりとも〈テイザー〉を持っていた。アドンシアに気づいて、急いで近づいてきた。

「走っている男を見たか?」たどたどしいスペイン語で、ひとりがきいた。

「あんたたちだけよ」アドンシアが、完璧なロシア語で答えた。

男ふたりが立ちどまった。彼女がロシア語を知っているからではなく、馬鹿にする口調だったので、もっとよく見ようとした。

「あんたはだれだ?」ふたり目がロシア語できいた。

「アドンシア・ベルメホ博士」アドンシアは答えた。「あんたたちの上官にしじゅう助言している」ふたりがベルトに付けている無線機を顎で示した。「なんなら連絡してもいいんだよ」

消火ホースの冷たい飛沫が霧のように流れてきたので、ふたりはいっしょに前に進んだ。集合住宅の正面にある小さな窓の前に、ふたりは立っていた。近いほうの男が、蝶が何匹もいる窓花壇ごしに覗いた。部屋は暗く静かだった。

「火をつけた男を捜しているだけだ」ロシア人がいった。「あの建物から煙にまぎれて駆け出すところを目撃されてる」

「あたしはパティオでずっと仕事をしていた」アドンシアは、ノートパソコンを示していった。「だれも見なかった」

アドンシアのうしろから、集合住宅の角をまわって、べつの警衛ふたりが走ってきた。やはり軍服を着て武器を持っていた。

「なにかあるのか？」新手のひとりがロシア語できいた。

「いや」最初のふたりのうちのひとりが答えた。「すべて異状なしか？」

「ドアも窓も破られていない。こっちは？」

「すべて異状なしだ」

「どうして住人じゃないとわかるんだい？」アドンシアはきいた。

最初にアドンシアに話しかけた男が答えた。「火事は二カ所の留置場の近くで起きた。単純労働の作業員は、ここに住んでいない」

新手のひとりの腰で、無線機が空電雑音をたてた。ゲートの警衛からだった。だれもそこを通っていないし、周辺防御の警報も鳴っていない。

「作業員を集合させる」無線で呼びかけた警衛がいった。「聴音哨Cに支援しにいく」

受信した警衛が了解したといい、いっしょに来るようほかの三人に手で合図した。

火事はすでに収まりかけていた。街から来た消防車二台が反対側から消火にあたり、煙にかなり湯気が混じるようになっていた。残っているのは、油性の燃焼促進剤が使われたとおぼしい場所の煙の悪臭だけだった。

「お邪魔してすみません、ベルメホ博士」最初に口をきいた男がいった。

「いいんだよ」アドンシアは答えた。「いい勉強になった」

相手はあっけにとられていたが、仲間といっしょに移動した。アドンシアは、彼らがふりかえるまで待った。それから、話し合って戻ってくるかもしれないので、さらに少し待った。数分が過ぎて、そうはならないのを見届けてから、なかにはいった。

ドアを閉め、そっとロックした。カーテンは閉めなかった。またロシア兵が来て覗くかもしれない。まだエンリクの息遣いが聞こえていた。走ったせいではなく、不安だからだ。

「エンリク、あたしはここで座る……やつらがそばを通ったら、ひとりでいるのが見えるように。あんたはそこにいて」

「わかった」エンリクが答えた。

「やつらはいまも弱いものいじめをする」アドンシアは、不平を口にした。「ロシア人は、一九六二年も粗野で暴力的だった。いまもおなじさ。やつらは作業員を集合させている。だれがいないかわかる。あなたの家へ行くはずだよ」

「おれは独り暮らしだ」エンリクが答えた。「逃げられたら、マンサニヨの仲間のところへ行く。そこから、必要とあればジャマイカへ行く」

「そこに仲間は何人いるんだい？」

「いまは十数人だ」エンリクがいった。「もっとおおぜいが闘う気になるように、なにかをやらないといけない――あなたたちがモンカダ兵営を攻撃したみたいに」

「あそこでは負けた」アドンシアは指摘した。

「でも、運動ははじまった」エンリクが答えた。

「六十年前だよ。いまとはまったくちがう。武器も通信手段も、小規模な反乱分子を叩き潰すのには有効じゃなかった」

「いまのおれたちには、そういう手段がある」エンリクが答えた。「ソーシャルメディア。おれたちの電話」

エンリクのいうことには一理あった。衛星通信を使って全世界を覆っている電子機器がある。その技術は、現場ですべての勢力を平等にする。テロリストとアナリストの両方に好都合な世界だ。一匹狼が蟻の群れのように巣と連絡をとることができる。アドンシアやそのほかの革命家たちにはできなかったことだ。

「とにかく、暗くなるまでここにいるんだろう？」アドンシアはきいた。

「構わなければ、感謝します」

「教えて、エンリク。どうやって逃げ出すつもり？」

「おれのシフトは終わってた。火がひろがる前に逃げられたはずなのに、ゴミ箱にぎった紙を詰め込み過ぎた。あっというまに勢いよく燃えあがった。それで走りに走った——見つかって、追いかけられた」

アドンシアは、心のなかで笑みを浮かべた。よくわかる。エンリクは、じっと待つことなど思いもよらなかったのだ。戦うことだけを考え、そういう精神状態になると、気魄も肉体も頂点に達して、アドレナリンが判断力と生存本能を鈍らせる。エネルギーを発散させずにはいられなくなる。

「もうひとつ、質問に答えてくれる？」アドンシアはきいた。

「よろこんで。時間はあるようだし」

アドンシアは笑った。それがかつて知り、愛し、ともに戦ったキューバ人労働者だった。つつましく、現実的で、臆面もないくらい率直。「あたしの家のドアがあいていなかったら、どうするつもりだった?」

　エンリクが、なかば予期していたとおりに答えた。「捕まっていただろうね。それは覚悟していた。セニョール・フィデルもそうだったはずだ」

　アドンシアは、笑みを浮かべた。エンリク・サンフリアンのいうとおりだった。カストロ兄弟が大赦で釈放されたのは、とてつもない幸運と一族の影響力があったからにすぎない。ふたりの直属の配下アベル・サンタマリアは襲撃当日に捕らえられ、拷(ごう)問(もん)され、処刑された。

「あんたをどうやって脱出させればいいのか、名案が浮かばない」アドンシアは、考え込むようにいった。

「博士、あなたが心配することでは——」

「ちがうっていうのかい?」アドンシアは刺々(とげとげ)しくいった。「あたしが闘っていたとき、あたしたちのことを知らない農民が、食べ物をくれた。余分な山刀(マチエーテ)があるときには、分けてくれた。雨水を貯めたのをもらい、毛布や、包帯にするのに使う古いシャツをもらった」アドンシアが、コーヒーテーブルのほうへ視線をさまよわせた。「あたしたちは葉巻をもらった。気持ちをほぐすだけじゃなくて、マッチをすって居場所を知られないように導火線に火をつけることができた。あたしたちはみんな、キューバのことだけを考えていたんだよ、エンリク。キューバ人みんなのことをね」

　エンリクが黙った――だが、アドンシアには、泣いているように思えた。

「いま出ていったら、まちがいなく捕まるよ」アドンシアは、考えを口にした。

「車はある？」

「あるよ」アドンシアは答えた。「だけど、なにをやるにせよ、夜になってからだよ。それとも……」アドンシアの声がとぎれた。

「なに？」

　アドンシアは、椅子に座り直した。「楽にしていればいい。食べ物か飲み物はいるかい？」

「いまはいらない」エンリクがいった。「なにを考えてるのか、教えてくれないか？」

「核分裂」アドンシアは答えた。「あんたを安全なところへ逃がす方法だよ」

20

ロシア、アナドゥイリ、アナドゥイリ・ホテル
七月二日、午前八時三十分

ユーリーは、じっくり時間をかけた。

それがユーリーの流儀なのかもしれないと、ボリシャコフは思った。確固として、寡黙で、細心の注意を払う。たしかめようがなかったので、ボリシャコフは口を挟まなかった。

ふたりがホテルにはいると、ベッドはすでに整えられ、清浄な朝の光があけてあるブラインドから射し込んでいた。ユーリーはシャワーを浴びた。そのあと、すぐに戻るといい、コートをつかんでドアから出ていった。携帯電話を持っていった。メールを送るか、仕事に関係があることをやるためにちがいない——どういう仕事なのか、

ボリシャコフにはまだ見当がつかなかった。ユーリーは銀行家かもしれないし、コンピューターを設計しているのかもしれない。酒屋を経営しているのか、俳優か教師かもしれない……歩きかたや、手の肌が滑らかなことから、肉体労働者ではないということだけはわかる。牧場主や古生物学者でもない。ボリシャコフにわかるのは、その程度のことだけだった。

ユーリーがいないあいだずっと、ボリシャコフはいっぽうのベッドの縁に座っていた。武器密売業者だったとき、ボリシャコフは一度だけ裁判にかけられ、大金を使って無罪になった――ほとんどは判事への賄賂だった。いまも判決を下すために判事が戻ってくるのを待つ気分だった。当時もいまもじっと座って、自分がこういうはめになった原因の行為を思い返し、それにくわえて全人生を思い返した。ソ連崩壊前、ブラックマーケットは地下経済として繁栄していた。崩壊後はロシアの主要経済になった。西側の品物、武器、麻薬のどれを密売しても、法律に従って正邪が判断されることはなかった。裁判は、ロシアの実体――軍隊と核兵器を保有する犯罪事業体であること――を国際社会の目から隠すために演出された芝居にすぎなかった。

それが事実だった。ボリシャコフは軍に残って薄給をもらい、退役したら無数にある角ばった高層ビルの狭いアパートメントに住み、必要最小限のものだけで暮らすこともできた。だが、ボリシャコフは家族に豊かな暮らしをさせたかったので、金持ちになる道を選んだ。その事実をユーリーに納得してもらいたいと思った。ボリシャコフは生来の倫理観のせいで破滅した。もしボリシャコフが〝略奪者〟ことセルゲイ・ビルグーンとおなじように腐敗していて、ヴァルヴァラの死後、彼の無残な死骸を食らうために群がったハゲタカとおなじように破廉恥だったら、ロシア国内の違法武器売買を牛耳っていたかもしれない。

そうはならなかっただろうと思った。じゅうぶんだと満足していた。快適なダーチャと、モスクワ、サンクトペテルブルク、ノヴォシビリスク、エカチェリンブルクのアパートメント。旅行し、ヴァルヴァラとユーリーにさまざまなものを買ってやる金。厳しい教訓を、身をもって知らされた。犯罪に中道はない。けちな泥棒か、ギャングの王か、両極端しかない。ボリシャコフはユーリーを古生物学博物館へ連れていったことがあるが、ジオラマがボリシャコフの世界をありありと表わしているように思えた。巨大な肉食動物が、巨大な草食動物の肉を食いちぎり、その足もとでは小さな哺乳動物が目に留まることなく果実や葉を探している。

ボリシャコフは、中型の雑食動物になろうとした。そして自然淘汰上位と下位の両方の生き物によって滅ぼされた。

ユーリーが、表の冷気をひきずり、煙草のにおいを漂わせて、ようやく戻ってきた。ボリシャコフは、ユーリーのほうを見た——希望に満ちてはいなかったが、期待するように。ようやく沈黙が破られ、なにかが口にされるか、話し合われるかするだろう。

ユーリーがドアを閉めて、コートを脱ぎ、クロゼットのなかで中身を出したバッグの上に吊るして、携帯電話をひとつしかない化粧箪笥の上に置いた。ベッドには腰かけず、立ったままだった。厚手の赤いウールのセーターの下から煙草を出した。パックをふって一本出し、マッチで火をつけて、デスクに灰皿がないかと探した。深く吸いつけてから、ブラインドを閉めた。ボリシャコフは、両手を膝に置いて座っていた。急に、処刑を待っているような心地になった。サイレンサー付きの拳銃から、後頭部に一発撃ち込まれる。そう思うと腹が立ち、不安になった——死ぬかもしれないからではなかった。そういう経験はある。裁判もなしに死にたくなかったからだ。

だが、ユーリーは、拳銃や首を絞めて喉仏をつぶすための結び目のある紐を出しはしなかった。両手の力を抜き、指二本で煙草を挟んでいた。ユーリーが、父親のほうを見おろした。

「沿岸を走れるように四駆を借りた」ユーリーが、秘密を周到に漏らすことに慣れている人間のような感じで、思案ありげに静かにいった。声がいっそう低くなった。

「おれたちは山脈（ゴルヌイイ・フレベト）へ行く」

　ボリシャコフは、驚きをあらわにした。〝山脈〟はアナドゥイリ作戦基地の暗号名だった。さまざまな疑問が混乱した状態でつぎつぎと脳裏に浮かんだが、出てきた質問はひとつだけだった。「どうして？」

「おれは政府の人間だ。ロシア政府の」ソ連崩壊後の状況をボリシャコフがわきまえているかどうかわからなかったので、ユーリーはすぐに付け足した。「〈ミクーラ〉と〈ヴシェヴォロード〉が運んできた核ミサイルがいまも施設内にあると、政府は確信している」

　ボリシャコフは、眉をひそめた。「撤去されたはずだ。記録があるにちがいない」

「ゴルバチョフ後、核施設の多くの記録が消え失（う）せた」ユーリーが答えた。「あんたみたいな連中が、それで儲（もう）けようと思ったからだ」

「おれは大量破壊兵器を売ったことはない。一度も」

「その信義は称賛に値するんだろうな」ユーリーがいった。この話し合いではじめて口にした軽蔑の言葉だった。「ほかの連中には、そんなためらいはなかった。残っている記録によれば、地下壕のミサイルと発射機は、一九七四年に使用不能になったとされている。あんたは正式にそこが閉鎖される前にそこから離れた。資材が廃棄される前に」

「半数がべつの基地に異動になった」ボリシャコフは答えた。「指揮所の要員がいらなくなったからだ。工兵隊が代わりに来た」

「彼らがなにかをやったという記録はない。分解したという記録も」ユーリーはいった。

「なぜだ？」

「予算削減というのが、国内向けの説明だった」ユーリーがいった。「だが、ほんとうの理由は、それを売ることもできたし、八キロメートルしか離れていないアメリカに狙いをつけるために再稼働することも可能だったからだ」

「アメリカに傍受されていた場合のために、偽情報を流したんだな」ボリシャコフはいった。

「それもあるし、ゴルバチョフは馬鹿ではなかった」ユーリーが答えた。「国は混乱状態だった。組織に反抗する将軍が手に入れられるようなところに、ただちに稼動できる核作戦を残しておいてはならない。そういう人間は、ロシアとアメリカの両方を抑えつけかねない。だが、われわれの知るかぎりでは、核兵器はまだそこにある。だからおれは行かなければならない。設計図も地図もなし、アメリカの空中偵察ですら、見つけるのに何カ月もかかるだろう」

「われわれ」まだすべてが呑み込めないまま、ボリシャコフはいった。「おまえはだれのために働いているんだ、ユーリー?」

ユーリーが、閲兵式(えっぺい)の場にいるかのように、誇らしげにかすかに身をこわばらせた。

「おれはGRU大尉だ」

ボリシャコフは、あからさまに驚いた。「あの作戦は軍がやっていた。情報総局が核兵器に興味を示すのは、どういうわけだ?」

「それは秘密扱いだし、あんたの知ったことではない」ユーリーがいった。「そこへ連れていってもらうのに、あんたが必要なだけだ」

ボリシャコフは、これまでに聞いたことすべてについて考えた。「おまえが会いに来た——長年、没交渉だったのに会いたいといってきたのは——これがおまえかロシアにとって、あるいはその両方にとって重要だからにちがいない」

ユーリーは相変わらずよそよそしかった。ボリシャコフは、ユーリーから目を離さずに首をふった。

「おれになにもくれないのか?」ボリシャコフはいった。「手を貸してほしいと頼んでいるのに、なにもくれないのか。愛情はいい。そんなものは期待していない。しかし、礼儀も抜きか。そういうものを望むのも無理だというのか？」

ユーリーが、思案ありげに煙草を吸った。「あんたが新しい人生を打ち立てるために出かけていたとき、母さんはおれにいろいろなことを教えてくれた」ユーリーがいった。「なかでもだいじなことは、他人に対する礼儀正しさだった。おれは世間知らずじゃない。生き延びるには妥協が必要だ。どういう連中が商売をしていて、どんなひどいことでもやれるのを知りながら、あんたは小さな帝国をこしらえた。〝妻や子供がどちらを望んでいるだろう？〟と自分に問いかけたことはないのか？　父親と家族がいて、命を脅かされずに暮らすことと――ＢＭＷ、コテージ、アパートメント、上等な服のどちらを望んでいるのか？　ということだ」口の端から煙を吐きながら、ユーリーは詰め寄った。「それに、たとえ――たとえ危険を冒す甲斐があると考えたのだとしても、あんたがやったことのせいでどれほど多くの家族がひどい目に遭ったか、考えたことはあるのか？　ＧＲＵにはあんたのファイルがある。あんたが売った武器――自分が所有していたわけでもない武器だ――は、ベトナム、コロンビア、日本、ドイツの殺し屋の手に渡って――」

「おれはロシア人にしか売っていない」ボリシャコフは、喧嘩腰でいった。

「高潔だったと自慢するのか！　だが、あんたが売った相手が仲買人だったことは、知っていたはずだ。略奪者(マラジョール)もそれを知っていた！　やつはそういう仲買人に接触して、あんたのいどころを知った……母さんのいどころを」向きを変えて煙草をもみ消し、腹立たしげにさっとふりむいた。「母さんが殺されると、あんたは語り草になっている報復をやった。ボディガードを殺し、やつの幼い娘の目を刺した。まるでそのなんの罪もない子供が、メモを書くための便箋(びんせん)でもあるかのように！　片目の視力を失って道路で泣き叫んでいる彼女を置き去りにして、その父親にこう伝えたんだ。〝おれはおまえよりもましだ、セルゲイ・ビルグーン！　殺すこともできたが……これしかやらなかった！」ユーリーは父親に詰め寄った。「なんのためにやったんだ？　母さんが戻るように？　ちがう。金のためにやったんだ。ビルグーンにショックをあたえて、つかの間撤退させ、縄張りをほかの犯罪者に売る時間を稼いだんだ。そうやっておれを隠れさせ、自分も身を隠した。おれがもっとも父親を必要としていたときに、あんたは財産を守ることだけを考えた」

「おまえのためだ」ボリシャコフが弱々しくいった。それしかいえなかった。

「ご親切にどうも」ユーリーが冷笑した。「あんたが念入りに考えた計画の結果が、いまのおれだ。あんたが憎かったので、結婚して子供をつくるようなことはしなかった。この毒がべつの人間に伝わるのを望まなかったからだ。それで、仕事を選んだ。

あんたが残した遺産はそれかもしれない、父さん。なによりも仕事を優先する。ドイツ人が強制収容所で唱えた標語を知っているか？　〝働けば自由になる〟というんだ。われわれのファイルの写真にあった。当時は残酷なジョークだったし、いまでもそうだ」ユーリーが、突然、ボリシャコフの前でしゃがんだ。「おれを基地へ案内して、なかにはいるのを手伝ってくれたら、また姿を消してかまわない。だが、おれのためにこれをやってくれ」

ボリシャコフは、ユーリーの冷たい目を覗き込み、じっと見ているうちに涙を浮かべた。ユーリーの表情は変わらなかった。ボリシャコフもそれは予測していた。だが、ユーリーは動揺を隠しきれなくなっていた。

ユーリーが立ちあがりかけると、ボリシャコフは袖をぎゅっとつかんだ。

「なにひとつ……おまえのいうことは、なにひとつまちがっていない」ボリシャコフは、めそめそ泣いた。「そういわれても仕方がないのかもしれない。だが、おまえにはおれにはなかった利点がひとつある。結果論で判断できることだ。おれは自分とおまえの母親の代わりに殺されてもよかったが、そういう選択肢はあたえられなかった。おまえを護ることだけを考えた。それには金が必要だった。あの暗黒の日のあとのことはすべて——すべておまえのためだった」

「あんたは遠くへ行った」

「だから、やつらはおまえを見つけられなかった。おまえの叔母さんも、大金を使って名前を変えた。おれは彼女に財産のほとんどを渡した。姉を失ってもなお、彼女はおまえのことだけを気遣っていた」

ユーリーが、ボリシャコフを睨みつけた。「それをあんたは〝結果論〟だというのか?」ユーリーはいった。「こういうことだろう、父さん。あんたはそういう人生を選んだ。あんたのせいで母さんは殺された。おれは隠れなければならなくなった。あんたの選択、あんたの責任だ。あんたに同情するが、気の毒だとは思わない」腕をふりほどいた。「車を取ってくる。十五分後に下に来てくれ」立ちあがり、ドアに向かいかけたところでふりむいた。「すまない。ボリシャコフの血がいわせたんだ。叔母さんなら――コチニェフ家の人間なら、〝十五分後に下に来てもらえますか?〟というだろう」

ボリシャコフは一度だけうなずいた。ユーリーがコートを着てショルダーバッグを持ち、出ていって、ドアを乱暴に閉めた。独りになったボリシャコフは、父と子だけが相手にあたえられる屈辱を感じながら、顔を手で覆って泣いた。ユーリーがいったことはすべて、彼が解釈しているほど単純ではなかった。だが、それはどうでもいい。

憎しみが、現実にあるのだ。

ボリシャコフは、肩をゆすって大きく呼吸し、何十年も心に閉じ込めていたものを開放して、亡くなった妻のために祈った。許しを乞うだけではなく、導きを求めて。

21

イラン、エヴィーン
エヴィーン刑務所
七月二日、午前十二時二十九分

エヴィーン刑務所が一九七二年に建設されたときには、受刑者三百二十人を収容するよう設計されていた——ほとんどが皇帝の政敵だった。ここに投獄され、裁判にかけられ、庭で処刑されて始末された——すべて一日で終わるので、支配者は多数の監房を必要としなかった。

イスラム政権下で、投獄される人数は最大で一万五千人に達した。イスラム共和国を支持しない人間をすべて集めて、支持するようになるまで収監するという目的に変更されたからだ。それにより、役に立つ市民が枯渇するのを避けるとともに、ひどい環境を恐れて国民が反抗をためらうように仕向けることができる。

その戦術がエヴィーンと近くのカサー刑務所でさかんに用いられるようになったために、第三の施設、大テヘラン刑務所――別名ファシャーフーイェ――を建設しなければならなくなった。それでエヴィーンの収容人数超過を緩和でき、反政府分子だけではなく、問題を起こしそうな外国人も収容できるようになった。

パランド・ガセミ博士は、一週間をエヴィーン刑務所で過ごし、テヘラン北西のアルボルズ山脈の麓(ふもと)にあるそこが、じつはかなり落ち着ける場所だということを知った。監房で動画を撮影していないときには、裁判所のとなりの快適な部屋にいた。簡易ベッドが用意され、ＷｉＦｉとコンピューターもある。判事用のバスルームが廊下の先にあって、シャワーもある。

とはいえ、そういったものは、いまやっている仕事に役立つわけではなかった。それには現地の写真が必要だった。熟考、研究、会議、立案の三年が過ぎた今、まもなくそれが手にはいることを期待していた。

パランドは、コンピューターで時刻を見た。六時間たっている。鎮痛剤の瓶に手をのばし、二錠出して、口に入れ、カラフェの水で飲み込んだ。喉笛にも笞で打たれた痕があったので、気をつけて飲むようにした。ガーゼの包帯がはずれないようにしないといけない。

背もたれの高い椅子で、パランドは居心地悪そうに体をずらした。医師が切り傷の包帯を換えていたが、クッションを当ててあっても、背中がすっかり守られているわけではなかった。痛いのは自分のせいだし、悔やんではいなかった。鞭で打ってほしいと自分から頼んだのだ。ただカメラの前で拘束され、脅されているよりも、そのほうが信憑性のある筋書きになる。

しかし、血みどろの打擲のせいで、ここ数日、よく眠れないようになっていた。簡易ベッドそのものが、古代の拷問の道具、苦痛を味わわせるための拷問台のようだった。椅子に座って仕事をして、うつらうつら眠るほうがよかった。

さいわいなことに、きわめておもしろい仕事だった。謎――というよりは一連の謎だった。なにが必要になるかわからず、軽装で長旅をしなければならない。すさまじい寒さで、真っ暗だということのほかは、まったくようすのわからない環境で、きわめて限られた時間しかないかもしれない。それに、パランドはロシア語も学んでいた――関係のある言葉、科学用語のキリル文字の綴り、工具の名称。

学問の世界でこれまで経験したこととは、まったく異なっていた。それに、まだ大きな問題が残っている。やらなければならないことよりも、そのほうが大きな気がかりだった。なにも見つからなかったらどうするのか？　自分が得た情報がまちがっていたら？　そうなったら、失望し、恥をかいた検察官は許さないだろう。

父親はよくパランドに注意した。〝偉くなると、そういう危険がある〟。父親は出世したが、自分からそうしたのではなかった。自分ではなにも求めなかった。何事にも着手しなかった。経験が必要とされたときに、上官のほうから来た。

でも、なんの野心も持たなかったら、生きていても死んでいるようなものだわ、パランドは思った。キリスト教徒の娘なので、イランではかぎられたチャンスしかない。パランドはキリスト教の信仰を実践していなかったが、イラン・イスラム共和国でのしあがるには、こういう大胆なチャンスをつかまなければならない。ヨウネシー検察官に、なによりも愛国者だと判断されたのだと、パランドは思った。そう確信していた。そうでなかったら、この計画をぜったいに支持しなかっただろう。

わたしの計画。

失敗の可能性があることは意識していたが、自分がこの作戦に着手したという当事者意識をパランドは誇っていた。二〇一五年にモスクワのシンポジウムから帰ってきたときにそれははじまった。上司のサーデク・ファラーディー博士も出席していて、葉巻をふかすキューバ人――日に焼けて肌がなめし皮のようになったおしゃべりな年配の女性――が思い付きでいったことをきっかけに、ふたりでプロジェクトを進めた。「あれはまだあそこにあるにちがいない。残りの武器が」その女性がいった。「あたしは船荷目録を見たんだよ――ロシア人は、冬の貯蔵所にサトウキビを運ぶときみたいに無造作に、あれを運んでた」

そのとき、キューバにはイラン人がふたりだけいて、ただちにロシア人と協力して、キューバ人女性物理学者の話の裏付けをとろうとした。手の内を見せず、どうして知りたいかもいわずに、一九六〇年代諸島のキューバとソ連の核兵器の事情について、ときどき彼女に質問した。ようやく即動可能情報がまとまった。ソ連が秘密核ミサイル基地を設置しようとした場所は、キューバだけではなかった。もう一カ所が北極圏にある。射程二〇〇〇キロメートルのR‐12中距離弾道ミサイル二基と、射程四五〇〇キロメートルのR‐14中距離弾道ミサイル二基が、地下掩蔽壕に配置されている。すべてプルトニウム239を使った核弾頭が搭載されている。

「半減期は二万四千年分だ」オクスフォード大学で、クリストファー・パイク教授が皮肉ったことがある。「だが、もっと長期の計画には、ウラン235がいいだろうね。半減期は七億四百万年近くだから」

パイク教授がそういうジョークをいったのは、民用と軍用の核物質利用が、あまりにも粗暴でとてつもなく危険だからだった。それでも、両方とも飽くことのない需要がある――パイクとそのチームは、世界の需要を満たすのに手を貸している。

パランドは、必要品目のリストをもう一度見た。福島の放射能漏れを研究するという偽装身分で民間航空機に乗らなければならないので、装備をもっと小型で軽量のものにする必要がある。持っていく装備は、その仕事と一致するものでなければならない。あとに残すものも決めなければならない――。

いまはやらないことにした。

さきほど飲んだオキシコドンが効きはじめ、眠くなってきた。顎が胸のほうに下がり、目が閉じて、集中できなくなって幸福感に包まれた頭脳がぐるぐるまわりはじめた。

パランドは思った。イラン人すべてがこの副作用を知らないのはいいことかもしれない。さもないと、だれもが鞭打たれるのに快楽をおぼえるようになってしまう。

パランドの意識に最後に残っていたのは、任務のことではなく、早く会いたいと願っている父親のことだった……。

22

ポーランド、ジャガン
七月一日、午後十時四十分

ＪＳＯＣのチーム・リーダーのマイク・ヴォルナーは、子供のころ、年上の従兄弟エルヴィスが地元のゲームセンターで〈パックマン〉をやるのをよく眺めた。エルヴィスには親がなく、フィラデルフィアのジャーマンタウン地区で母方の祖父母と暮らしていたので、ヴォルナーがついてきても気にしなかった。当時はあまり安全な界隈(かいわい)ではなく、高校のレスリングの選手だった十六歳のエルヴィスは、マイクを護ってくれた。

年上のエルヴィスがゲームをやるのを見るのは、いつでもおもしろかったが、もどかしくもあった。ヴォルナーは、制御装置に手が届くエルヴィスが必要としないスッールに座って……眺めた。ときどき、二十五セント硬貨が余分にあるときには、やらせてもらえた。体を持ちあげて、ボタンの操作を手伝ってくれた。やがて軍人になるヴォルナーは、そこではじめてチームワークを学んだ。

二十九歳のヴォルナーにとって、NATOの演習はただ見守っていただけの〈パックマン〉ゲームとよく似ていた――ただし、このゲームでは、数千人のパックマンが、同時にプレイしている。NATOはこの大規模な展示を二年連続で行なっていた。戦車八十八両、装甲車百四十両、兵員三千人以上が、仮設の観測塔が四方にある平原を移動していた。オブザーバーのマイク・ヴォルナーがいる塔は、第4歩兵師団〝鉄の旅団〟の戦車砲の砲弾が落下して雷鳴のような音が轟いている場所に、もっとも近く配置されていた。交戦地帯へ前進するとき、春と夏の繁茂した草や木の葉にまぎれて動きをドローンから隠蔽するために、戦車は深緑色の枝葉に覆われていた。前回の演習が行なわれた冬には、戦車の車体のあちこちから白い布をたらし、雪に覆われた野原に見せかけていた。

今年の演習が前回と異なるのは、暖かい気候のときに模擬戦を行なっているだけではなく、夜間演習であることだった。卑怯なロシア軍が闇に隠れて越境してきた場合のためだった。モスクワはつい最近、オプ・センターが関与したウクライナでの対決を、なんとか生き延びたばかりだった。ヴォルナーのような無名の将校が招待されたのは、そのおかげだった。

「きみにはセックスアピールがある」国防総省がヴォルナーへの命令を伝えてきたとき、チェイス・ウィリアムズはいった。

ニューヨークで暗殺者を斃したときに、マスコミでほんの一瞬、もてはやされたことを、ウィリアムズはそう表現した。セックスアピール？　ヴォルナーが自分をそう表現することはないはずだった。身長一七八センチ、体重七〇キロのほっそりした体には脂肪がまったくない。髪を短く刈り、目は茶色で、ルター派教会の信仰が篤く、温和な物腰だった。

側方を移動するブラッドレー歩兵戦闘車の二五ミリM242ミニ・チェインガンと七・六二ミリM240C機関銃の容赦ない鋭い発射音よりひときわ高く、戦車の爆音が轟いていた。ヴォルナーはけたたましい物音に耳を澄まし、閃光を観察して、爆発を体で感じた。〈パックマン〉とおなじように、演習にはじめのうちは発奮するが、騒音のくりかえしでそのうちにげんなりする。兵士に実弾使用と闇のなかの混雑した戦場の経験を味わわせるのには役立つかもしれないが、現実の戦闘を模しているというよりは、力を誇示しているだけになる。ヴォルナーは、フォート・ブラッグでの演習を思い浮かべた。第1戦域維持コマンドのジョン・クール少将が乗るＨＵＭＶＥＥ(ハンヴィー)が、深夜の部隊機動を観察しながら深い壕に向けて走り、そこにはいる。操縦手は闇のなかで周囲が見えるかと質問される。夜間走行ができるのはあたりまえなので、そのことは質問されない。

ヴォルナーの横には、ずっと年上の将官がふたりいて、暗視ゴーグルで眺めていた。ヴォルナーとおなじように、とっておきの軍装を身につけている。ヴォルナーとはちがって、明らかに楽しんでいるようすで、眼下の銃声や砲声やマグネシウムの白い閃光にいちいち反応していた。

ヴォルナーには、彼らの熱意……と安堵(あんど)が理解できた。四年以上前にプーチンがクリミア半島を奪取したとき、アメリカはヨーロッパに戦車を配置していなかった。その状況はただちに是正された。それも、ＮＡＴＯがこういう戦力誇示を演出している理由のひとつだった。ロシアの指導者のさらなる領土拡張を思いとどまらせるためだ。ここにいる職業軍人たちは、敵の照準器に捉えられていた可能性が濃厚だったのだ。

それに、彼らは親か祖父母に、前に独裁者が電撃戦でポーランドに侵攻したときにどうなったかという話を聞きながら成長したにちがいない。

鉄の旅団が地面を揺るがしながらそばを通過し、観測塔が危なっかしく揺れた。ここでは闇のなかで発砲せず、たくみにすばやく反転していた。

　年配の師団長の将軍が、ヴォルナーのほうを向いた。吊ってある電球ひとつの光が、長い顔と白い口髭を上から照らした。「きみは機械化部隊（戦車が主体の機甲部隊と自動車化部隊の中間の車両編成の部隊）ではないね」かなり上手な英語で、その将軍がいった。

「おっしゃるとおりです、将軍」ヴォルナーは答えた。

「ヒトラーとドイツ軍の侵攻からわれわれがなにを学んだか、知っているかね？」将軍がきいた。「戦車が交戦するときには、統一……」言葉を探していた。「……統一した機構でなければならないということだ。個々に配置してはならない。現在の戦場ではことにそうだ。なぜなら、ほとんどが……リアルタイム。リアルタイム情報だからだ。戦車小隊は、その装甲で背後の歩兵を護り、戦い、連絡を取り合わなければならない。だが」戦場のほうを向いて、将軍がいった。「戦車はそれぞれ……装甲、鉄板だけで生き延びるのではない。乗員は戦闘の全貌（ぜんぼう）を理解しなければならない。四方、上方、下には地雷がある。静かになったり、熾烈（しれつ）になったり、ペースが遅くなったり速くなったりする瞬間を読まなければならない。これらすべてを夜間にやるのは――この兵士たちを、わたしはたいへん誇りに思っている。たいへん誇らしい」

　突然、ヴォルナーもそう思った。

ヴォルナーは、フォート・ブラッグを離れたくなかったのに、ここに来ていた。ニューヨークとロシアで敵を殺したあとは、ただ日常的にやっていたことに復帰したかった。すぐに出動できるようにするための教練、サバイバル訓練、新兵器の実地試験にいそしみたかった。ターゲットを見て、ターゲットが見返し、この世でターゲットが見た最後のものが、彼らの命を奪わざるをえなかった男の冷酷な顔だったという凍り付いた一瞬のことを考えてしまうような、長時間のフライトを望んではいなかった。ヴォルナーの行動は、何人もの命を救った。ほかの手段は考えられなかった。それでも、その光景を頭のなかで再現せずにはいられなかった。ひょっとして——自分の指が動き、敵の命が奪われる瞬間を——堪能しているのか？　と自問せざるをえなかった。教練の教官は、〝だれかを殺すときには、双方が被害者になる〟という決まり文句を、残念そうに口にする。二十九歳のヴォルナーは、殺した敵の数を増やす現役の将校でありつづけるうちに、べつのマイク・ヴォルナーへと進化しつづけていた。ただ年をとり、経験を積むだけではない。それはだれでもおなじだ。逆説的にいえば、ヴォルナーはそれと同時に、ほかのひとびとよりも善良か邪悪か、あるいはその両方の何者かになって……人間としての中庸(ちゅうよう)から遠ざかる。

またはじまった。ヴォルナーは自分を叱りつけた。フォート・ブラッグを発(た)ってポーランドに向かうあいだ、何度も蒸し返していた考えと感情をすべて蘇らせている。

ヴォルナーは、実戦さながらの模擬演習に意識を戻した。眼下で起きていることから目をあげて、戦場全体を見霽(みはる)かした。炎と轟音(ごうおん)が相まって、ひとがめったに見聞きすることがないような壮観がくりひろげられていた。観測塔の床が激しく揺れ、爆発の熱や近くの砲撃の衝撃波が伝わってきた——近すぎると思えるときもあったが、乗員の技倆が研ぎ澄まされるようにするには、それくらいきわどくやる必要があった。これも殺人だが、相手の顔は見えない。シミュレーションは現実とはちがう。

やめろ！　ヴォルナーはまた自分にいい聞かせた。

あと二日、これを見学してから、フォート・ブラッグに帰り、かなり楽しみにしていることとの準備をする。八週間の〝超大型演習〟が、八月中旬に開始される予定だった。暗号名〝太平洋片舷斉射〟の〝きわめて現実的な〟演習には、海軍ＳＥＡＬ、海兵隊特殊作戦コマンド、空軍特殊作戦コマンド、陸軍特殊部隊コマンド——有名なグリーンベレー——の特殊部隊が参加する。これらの特殊作戦コマンド(ＳＯＣＯＭ)チームが、夜間にハワイ諸島のモロカイ島とラナイ島に空挺(くうてい)降下し、陸軍の第82空挺師団と海兵隊の海兵遠征隊からおもに選抜された正規軍部隊一二〇〇人に支援される。潜入、隠密脱出、暗殺に至るまで、戦争における視点と戦術を模索するのが、ＳＯＣＯＭに課された目的だった。

もちろん軍歴の最初のほうで教わったべつの格言もある。〝運命は兵士の夢や願望を好まない〟。ヴォルナーにも、JSOCにまつわる格言がある。〝世界とウィリアムズがつねに干渉する〟。

ヴォルナーの天使と悪魔は、ポーランド軍将校の誇らしげな満面の笑みとはちがう、ゆがんだ苦笑いを浮かべて、秘密の賭けをした。

いくら大金を賭けてもおまえはハワイには行けないんじゃないか?

23

ヴァージニア州スプリングフィールド
フォート・ベルヴォア・ノース
オプ・センター本部
七月一日、午後四時四十九分

「これにぴったりの言葉は、〝どこへも行けない〟だな」

チェイス・ウィリアムズは、悪意やいらだちをこめてそういったのではなかった。それが事実だった。

ウィリアムズは、ギーク・タンクのアーロン・ブレイクのオフィスに、アン・サリヴァン、ポール・バンコール、ブライアン・ドーソン作戦部長とともに立っていた。

三人は、アーロンとキャスリーンがガセミ、ふたりのボリシャコフ、アナドゥイリ作戦について集めた情報をすべて見たところだった。

「ヘイダル・ナジャファバディー軍団将軍については、まだ調べているところです」バンコールが、ウィリアムズに教えた。「ナジャファバディーは、二〇〇一年に反フセイン派向けに中古のロシア製兵器を買うのに関与していて、供給したのがこのボリシャコフの可能性があります」

「ボリシャコフは国外とは取引しなかった」アンが、タブレットを見て指摘した。

「ボリシャコフがロシア人に売り、そこからテヘランに売られたのかもしれない」バンコールがいった。

「すべて事実かもしれない」ウィリアムズはいった。「しかし、まだこれらの手がかりは結び付いていない」チームに対してではなく、いまの状況に対して、首をふった。

「どうしてこれほどわかっていることがすくないんだろう?」

「ほとんどがアナログの世界をデジタルで調べたからでしょう」ドーソンがいった。

四十歳のドーソン作戦部長は、淡々とそういった。身長一九三センチで女性にもてるドーソンは、何事もそういう口調でいう。しかし、陸軍士官学校卒で第5特殊部隊群の群長だったドーソンは、訓練と戦場での経験が豊富なので、その意見にはきわめて重みがある。

「今後の方策について、だれか提案はあるか？」ウィリアムズはきいた。

「キャスリーンが、新聞のマイクロフィルムのデジタル化されたデータを調べてます」アーロンがいった。「ロシアとキューバの物理学者に関する記事を探してます」

ウィリアムズは、溜息をついた。批判するつもりはなかった。それが論理的な手順だった。だが、きわめて小さな一歩でしかない。どんな些細なことでも役に立つのよという目つきで、アンがウィリアムズを見た。だが、ウィリアムズは納得していなかった。ふたりがトップとして最高のペアであるのは、そういう性格のおかげだった。衝動と忍耐が均衡している。だが今、ウィリアムズは自分が感じている――確実ではないので、そうとしかいいようがない――推論が気に入らなかった。イランにはゲームをはじめるまで待つ時間の余裕があるが、アメリカにはその余裕がないという気がしていた。オプ・センター幹部四人がいくら努力しても、ガセミから役に立つ情報が得られるという保証はない。膠着状態は、イランにとっては勝利になる。

「こうしたら――」ドーソンが、考えていることを口にした。「――ガセミをここに連れてきたらどうですかね？」

狭いオフィスにいたあとの四人が、身じろぎもせずに佇んだ。エネルギー保存の方程式を起動したようだと、ドーソンは思った。脳が働けるように、体を動かしてはならない。

「それでなにが得られるの？」アンがきいた。

「予想外のことに対するガセミの反応」ドーソンはいった。

「よさそうだと思う」バンコールが、考え込むようにつけくわえた。あとの四人のほうを見た。「ガセミが本人のいうとおり亡命するために来たのなら、ここも連れてこられて、監禁され、事情聴取されるはずの場所だ。しかし、わたしたちがなにを知り、なにを疑っているか、どういう機能を果たしているかを突き止めるために来たのだとしたら、いまのわたしたちとおなじように、質問したがるだろう」

「悪くない」ウィリアムズは同意した。

「わかっていると思うけど、ジャニュアリー・ダウが同行するでしょうね」アンが指摘した。

「なんとかうまくやる」ウィリアムズはいった。

「そういう意味じゃないの。絶好のチャンスに彼女は跳びつくでしょうね」

「わかっている」ウィリアムズはいった。「まず、実現できるかどうか、たしかめよう。ブライアン？」

「いいですよ。だれに頼みますか？　ダウとハワードのどっちに？」ドーソンがきいた。

「ダウの管轄だ」ウィリアムズはいった。「ダウに電話して説得してくれ。そうすればハワードは反対できないだろう」

ドーソンが急いで出ていった。あとの三人もギーク・タンクを出た。バンコールはドーソンのあとを追った。アンとウィリアムズは、ならんで歩いた。

「彼女は外部の人間として、はじめてここにはいることになるわ」

「わかっている」

「ポール・フッドですら、自分が牛耳っていたときには、ドアをロックしていた」

「それも知っている。もっと早く変えるべきだった」

「わたしたちが姿を見せないのには、理由があるのよ、チェイス」

「予算だ」ウィリアムズはいった。「実情を知らなかったら、削減できない」

「そのとおりよ。あなたがこういうことを考えたくないのは知っているけど、ジャニュアリーもアレン・キムもそのほかの情報部門の人間も、小さくなるばかりのおなじ池でドル札を釣りあげようとしている。ジャニュアリーは、贅肉を探すでしょうね」

「わたしたちに贅肉があるのか？」

「ないのはわかっているでしょう。でも、見学させてほしいと彼女はいって、あら探しをする。それがこの街全体で否定しようのない事実になる」

「それなら、わたしたちはそれを超越しよう」ウィリアムズはいった。「わたしたちが成果を出しているかぎり、だれにも手を出せない。成果を出せなかったら、いじくられてもしかたがない」

「あのね、あなたが公平であることが、わたしはときどきほんとうに嫌になる。これは規則と道徳のみの軍隊とはちがうのよ」

ウィリアムズは、自分のオフィスの前で立ちどまり、アンのほうを見おろした。

「軍隊のことだけではないんだ、アン。名誉すなわちわたしたちなんだ。アメリカなんだ――わたしが知り、愛しているアメリカだ。それは海軍で身につけたことではない。〝つねに正しいことをやれ。よろこぶひとびともいれば、啞然とするひとびともいる〟とか、〝真実を語るなら、なにも記憶しなくていい〟」ウィリアムズはにやりと笑った。「どちらもマーク・トウェインの言葉で、中学校で学んだ。『トム・ソーヤーの冒険』の作者がそれで満足なら、わたしもそれでいいと思った」

アンが、渋い顔をした。「〝それに、セニョール・キホーテ、打ち負かされるのはあなたですよ〟……どのページにセルバンテスがそう書いたか、思い出せないし、いい換えているかもしれないけど、中央政界は勢いよくぐるぐるまわっている風車なのよ」

「すべて銘記すべきことだし、わたしが身をかがめなければならないときには、ひきつづき注意してほしい。それまで」ウィリアムズは、着信音が鳴ったスマートフォンを見た。「どうやら出発することになりそうだ」

24

ヴァージニア州クアンティコ
FBIアカデミー、海兵隊基地
七月一日、午後五時三十分

「遠出ですか?」

基地の裏のゲート4にアレン・キムがプリウスで近づくと、若い女性の警衛が敬礼した。質問の答はわかっていたので、挨拶代わりの言葉に過ぎなかった。チェックアウトのためにフロントウィンドウのステッカーをスキャンしたときに、早朝から一度も基地を出ていないと確認されたはずだ。早朝に来たときにキムがガセミ准将を乗せていたことを、彼女は知らなかった。それは必知事項に属する。通行証には〝来客A〟と記されていただけで、キムのサインがあった。スキャナーは、〝来客A〟がまだ施設内にいることを示していた。
「おやすみなさい」警衛がいい、警衛詰所内の相棒が遮断器をあげた。
キムは愛想よくうなずいて、まだ暖かく明るい基地外へ車を走らせた。若葉の香りが流れ込むようにサイドウィンドウをあけたまま、USハイウェイ1に乗り、歴史的な町のダンフリーズに向かった。妻と六歳の息子と昔ながらにハグして、ビーガンのディナーを食べるのを楽しみにしていた——環境保護庁（EPA）広報室での妻の一日の仕事と、学校に慣れるために頑張っている一年生の息子の話を聞く——テレビで軽い番組を見てから、早めに寝る。車に乗る前にハワードから怒りがこもったメールが届いていた。つぎの段階の事情聴取を行なうために、ガセミをオプ・センターに連れてくるようウィリアムズがジャニュアリーに頼んだという。大賛成だと、キムはメールで返信した。

なにもなければ、わたしたちはあした休みましょう。

キムは本心から賛成し、歓迎していた。ハワードは面白くないようだった。オプ・

センターにガセミを来させるにはジャニュアリーさえいればいいので、国家安全保障問題担当大統領補佐官のハワードははずされた。キムは気にしていなかった。情報部長のロジャー・マコードとは長年の同僚だったし、ずっとオプ・センターにいたので、部内の情報を共有できる。ウィリアムズとそのチームがちょっとした反則をやろうとしているとしても、ほかの情報機関よりもたくみにやるにちがいない。ウィリアムズとそのチームがどういう成果を出すか、キムは好奇心にかられていた。

いたって単純だと、キムは思った。それに、巧妙だ。最初の事情聴取では、おもな訊問者と対象にとって、クアンティコは中立的な領域だった。キムのチームとダウの配下の補佐官たちは、なにも成果を挙げられなかった。FBI流に〝金庫をあける〟ことができなかった。ホームコートの利点を活かし、力関係を変えろ。

道路のそのあたりはいつも交通量がすくないので、キムはiPhoneを接続した。ディキシーランド。ジャズ……アル・ハートのトランペット。それと気持ちがいい風と香りと、ストローブマツとホワイトオークの隙間からきらめく陽光のおかげで、疲れた目をあけて、警戒して——。

キムは鋭い銃声を聞き、空気の熱い流れが鼻の下を通過するのを感じ、ダッシュボードに丸い穴があくのを見た。すべてがほとんど同時だった。脳が判断するよりまえに、反射神経が〝銃撃〟だと分析した。アクセルペダルを踏みつけるとともにできるだけ身を縮めて、助手席側に体を傾けた――そのふたつの動きで、訓練されたようにできるだけ低いターゲットになれる。

二発目が助手席側のサイドウィンドウに当たって、ガラスの破片が四方に飛び散った。キムの頭脳がようやく制御を取り戻し、急ハンドルを切って道端に寄せ、急ブレーキを踏んで、セレクターをPに入れた。シートのガラスの破片の上に身を投げて、ブレザーの内側に手を入れ、ショルダー・ホルスターから局の装備の九ミリ口径シグ・ザウアーP320セミオートマティック・ピストルを抜いた。北からライフルで狙い撃たれたことがわかっていた。それだけが敵の武器なのかどうか、わからない。じっとしていると、三発目が運転席側のドアに突き刺さった。それと同時に、キムは危険を冒して手をのばし、その場にそぐわない『甘い唇』を流しているｉＰｈｏｎｅをつかんだ。９１１にはかけなかった。うしろで何台もが急ブレーキをかけたとき、ゲート４をキムは呼び出した。

「副所長のキムだ。銃撃を受けている」鋭い声でいい、警衛が出るとつけくわえた。

「三発。スナイパー――ＵＳ１の北側、裏ゲートから四〇〇メートル」

「銃声が聞こえました。ＣＩＲＧチームが向かってます」警衛が応答した。

重大事件対応グループ（CIRG）は、その分野の緊急展開部隊だった。キムも訓練に携わったことがある。彼らは優秀で行動が速い。

「怪我はありませんか？」警衛がきいた。

「いや――わざとはずしたのか、運がよかったのか」

ここで殺された場合に備えて、キムはできるだけ多くの情報を伝えようとした。科学捜査には、どんな細かいことでも重要な場合がある。

話をしているあいだに、南の木立の向こうからヘリコプターが離陸して、急行してくる音が聞こえた。地上チームを支援するためにちがいない。そのベル407が、キムの車の左に向けて飛行し、木立を越えた。約一分後に、数台のバンが背後と前方でとまるのが、音でわかった。前方のバンは、正面ゲートから出てきたのだ。車両の南側から出てくる捜査官たちの叫び声が聞こえ、これがFBIの緊急対応の手順を知っている何者かの待ち伏せ攻撃ではないといいのだがと、キムは思った。もっとも、キムの位置の東はすべて海兵隊基地なので、それは考えにくかった。

低く身をかがめた捜査官たちが、キムの車の横へ来た。

「ロックを解除できますか？」ドアレバーを動かそうとしたひとりがいった。

プリウスの安全機構がCIRGチームを妨げているとは、なんとも不都合だった。

キムはそちら側を向いていたので、ドアを細目にあけた。捜査官ひとりがドアを引きあけ、キムが腹這いで出るのに手を貸した。もうひとりがすこし身を起こして、MP5サブマシンガンの銃身を割れたサイドウィンドウから突っ込んで、道路の反対側に狙いをつけた。出るときにキムは、トランクのうしろで捜査官たちがおなじようにしているのに気づいた。

キムが道路に出ると、這い出すのに手を貸した捜査官が、怪我がないかどうか手探りで調べた。ボンネット横にいた捜査官が、キムがもう安全だし重傷ではないと報告した。〝重症ではない〟という言葉を聞き、ざっと調べられているのを知ったときにようやく、キムは胸に血が点々とついていることに気づいた――ガラスで切ったらしい。

基地に連れ戻して、もっと念入りに検査することが目的になっているのを、キムは知っていたが、それは付近の安全を確保したあとになるはずだった。それに、高解像度のカメラや赤外線感知装置で空から森を捜索したあとでないと、付近の安全は確保できない。二機目のヘリコプターが捜索にくわわったが、捜査員の無線機から交信は聞こえてこなかった。それを待つあいだ、くだんの捜査官が手袋をはめた手をキムの肩に置き、動くのを制止した――だが、安心させるためでもあった。キムはその手順も知っていた。こういう出来事のあと、軽度もしくは重度の心的外傷後ストレス障害を起こす人間は多い。他人、ことに安全を確保してくれた人間がそばにいると、それを和らげるのに大きく役立つ。

いまでは、道路を封鎖し、スナイパー捜索にくわわっている警察車両の回転灯が見えていた。キムの車や道路から捜査官たちが撤収したのは、十五分か二十分たってからだった。捜査官の仮診断を確認するために救急医療士(EMT)チームが到着し、キムは車輪付き担架に乗せられて、救急車に入れられた。

「携帯電話を」連れ去られる前に、キムはいった。

ひとりがプリウスのところへ行って、フロントシートから携帯電話を持ってきた。

そのときになってようやく、キムは真剣に考えはじめた。何者がどういう理由で発砲したのか――それに、意図的にわざと的をはずしたのか。キムは目立った活動に関与したことはなく、ガセミを除けば、クアンティコでは一年以上だれも訊問していない。

何者かが、わたしがガセミをここに連れてくるのを見たか、車を見たにちがいない。あの場所にけさからいた何者かが。

キムが救急車からかけた電話は、妻への一本だけだった。基地外で銃撃があったことを聞いたら、エヴァは心配するにちがいない。海兵隊の医務室に着くまで待って、キムはロジャー・マコードにメールを送った。

狙い撃たれたのはわたしだ。話をしよう。

（上巻終わり）

◉訳者紹介　**伏見威蕃（ふしみ　いわん）**
翻訳家。早稲田大学商学部卒。訳書に、カッスラー『亡国の戦闘艦〈マローダー〉を撃破せよ！』、クランシー『暗黒地帯』（以上、扶桑社ミステリー）、グリーニー『暗殺者の献身』（早川書房）、ウッドワード他『PERIL 危機』（日本経済新聞出版）他。

黙約の凍土（上）

発行日　2022年5月10日　初版第1刷発行

著　者　トム・クランシー&スティーヴ・ピチェニック
訳　者　伏見威蕃

発行者　久保田榮一
発行所　株式会社 扶桑社
〒105-8070
東京都港区芝浦1-1-1　浜松町ビルディング
電話　03-6368-8870(編集)
03-6368-8891(郵便室)
www.fusosha.co.jp

印刷・製本　株式会社 広済堂ネクスト

ISBN 978-4-594-09140-8　C0197